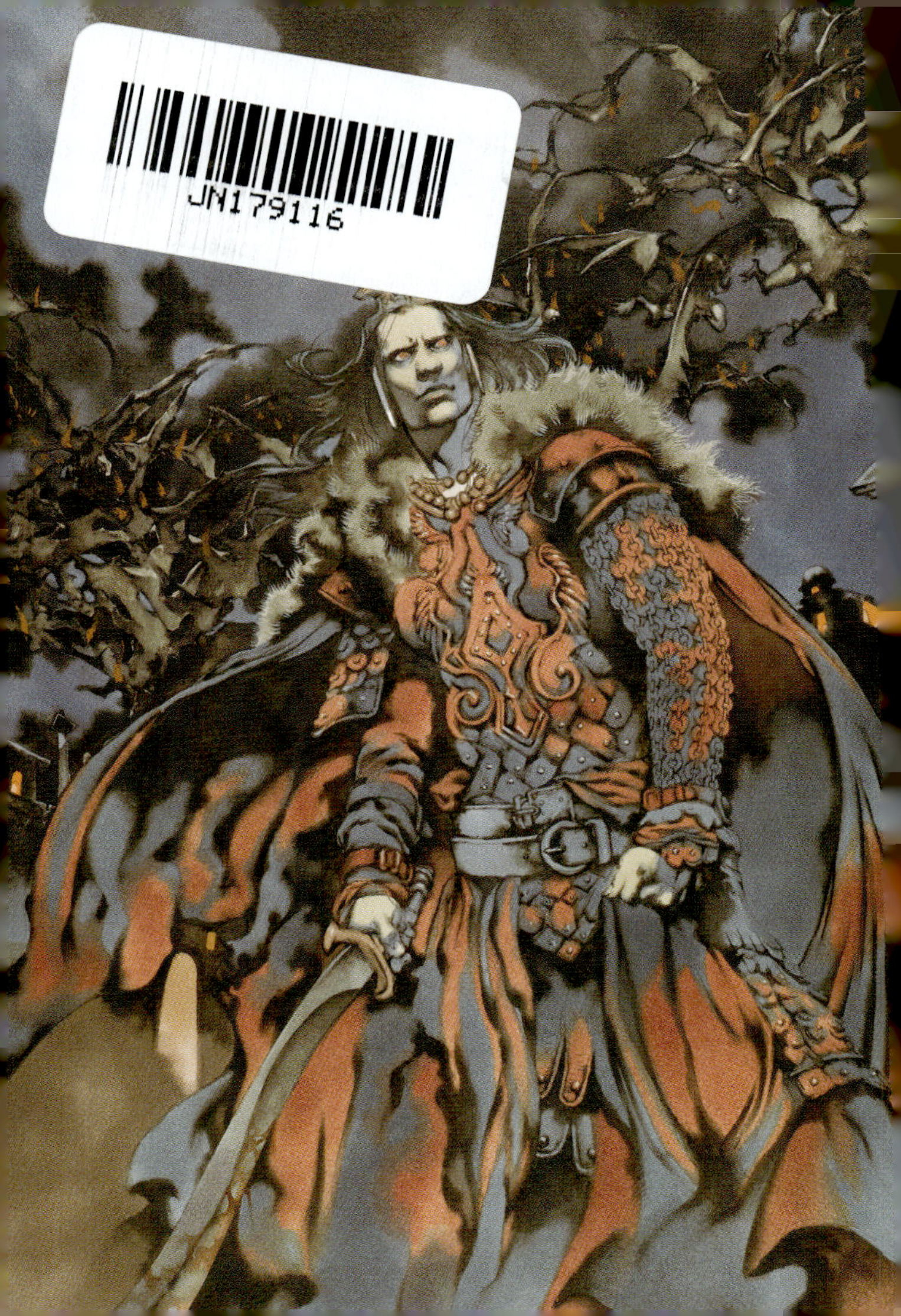

光文社文庫

暗黒神殿

アルスラーン戦記⑫

田中芳樹《よしき》

光　文　社

目次

主要登場人物

アルスラーン……パルス王国の若き国王《シャーオ》
ダリューン……パルスの武将。黒衣の雄将として知られる
ナルサス……パルスの宮廷画家にして軍師
ギーヴ……あるときはパルスの巡検使《アムル》、あるときは旅の楽士
ファランギース……パルスの女神官《カーヒーナ》にして巡検使《アムル》
エラム……パルスの侍衛長《ケシユタク》。アルスラーンの近臣
クバード……パルスの武将。隻眼《せきがん》の偉丈夫《いじょうふ》
トゥース……パルスの武将。三人の妻をもつ
イスファーン……パルスの武将。「狼に育てられし者《ファルハーディン》」と称される
メルレイン……パルスの武将。アルフリードの兄
ザラーヴァント……パルスの武将
ジムサ……パルスの武将。トゥラーン国出身
キシュワード……パルスの大将軍《エーラーン》。異称「双刀将軍《ターヒール》」
ジャスワント……パルスの武将。シンドゥラ国出身
グラーゼ……パルスの武将。海上商人

アルフリード……アルスラーンにつかえるゾット族の女族長
ルーシャン……パルスの宰相《フラマータール》
ラジェンドラ二世……シンドゥラ王国の国王《ラージャ》
イルテリシュ……トゥラーンの王族。「親王《ジノン》」と称されたが現在は……
ヒルメス……パルス旧王家最後の生き残り。ミスル国で客将軍《アミーン》クシャーフルを名乗る
フィトナ……ナバタイ国からミスル国王に献上された娘。孔雀姫《ターヴース》。銀の腕環《うでわ》を所持
ブルハーン……ジムサの弟。現在はヒルメスにつかえている
マシニッサ……ミスルの将軍
ホサイン三世……ミスル王国の国王
黄金仮面……ミスル国にあってヒルメスの名を騙《かた》る
タハミーネ……アルスラーンの母。パルスの王太后《おうたいこう》
レイラ……魔酒により蛇王《へびおう》の眷属《けんぞく》に。銀の腕環を所持
アイーシャ……王太后府につとめる娘
エステル……ルシタニアの女騎士《セノーラ》
パリザード……パルス出身の美女。銀の腕環を所持
ドン・リカルド……元ルシタニアの騎士。記憶を失い白鬼《パラフーダ》と呼ばれていた

第一章　染血の一夜《マシーズーア・ドウータ》

I

早朝の涼風が窓から吹きこんで、大きなくしゃみとともに、寝台の主は目をさました。シンドゥラ王国の国都ウライユールである。河に面した高台に位置する王宮は、シンドゥラの建築技術の粋《すい》を結集したといわれている。半球形の大屋根や、東西南北にそびえる四つの尖塔《せんとう》が外国にも知られているが、住んでいる人間にとって重要な点は別にある。

「窓やら通風孔やらがうまく配置されて、河からの風がはいりやすいような構造になっておる。ばかばかしいほど大仰《おおぎょう》な建物だが、これだけは取柄《とりえ》だな」

くしゃみにつづいて大きくあくびしながら、シンドゥラ国王《ラージャ》ラジェンドラ二世は起きあがった。シンドゥラは暑熱《しょねつ》の国といわれ、事実そのとおりだが、六月の末ともなれば、もっとも暑い時季はすぎて、朝夕は涼風が立つ。隣国のパルスより、季節のうつろいが早いのだ。もっとも、パルス暦よりシンドゥラ暦のほうが一年だけ早いのは、自然ではなく人間の仕業《しわざ》である。

シンドゥラ暦三二六年、六月もそろそろ終わろうかという晴れた朝のことであった。侍女たちにてつだわせて、寝衣《ねまき》から白い麻の寛衣《かんい》に着かえ、洗面をすませて朝食の席につく。絹の円座にあぐらをかいて、牛乳粥《がゆ》や果実類を中心とした食事をたいらげていると、侍女に案内されて十人ほどの官吏《かんり》がぞろぞろ参上してきた。

隣国パルスには、「ラジェンドラ三世」という表現がある。他人から借金して、それを返しもせずにあらたな借金を申しこむような人物を、そう呼ぶのだ。いいはじめたのはギーヴ卿ともクバード卿ともいわれるが、ラジェンドラがとくにパルスの武将たちに人望がないこと、かくのごとしであった。

だが、国内ではラジェンドラ王はあんがい人気があり、本人もそれに応《こた》えて、朝食の席ですでに政事《まつりごと》を始めたりする。

パルスの国王《シャーオ》アルスラーンとラジェンドラは、まったく正反対の為人《ひととなり》のようでいて、奇妙な共通点があった。即位後すぐに王妃を立てることがなく、独身《ひとりみ》をつづけている。きまじめなアルスラーンと異《こと》なり、ちょうど十歳年長のラジェンドラは、かなり色事の経験も豊かだが、ここでもうひとつの共通点は、ふたりとも上流階級の姫君を敬遠しているということだった。ラジェンドラの理屈はこうである。

「王族だの貴族だのの娘は、お姫さま育ちで、他人に奉仕されるのが当然だと思っているし、門閥《もんばつ》をせおった女など、うっとうしくてかなわん。権勢をほしがる父親の顔がちらついて、愛《め》でる気になどなりはせんわ」

ラジェンドラは自分自身で王宮づとめの侍女候補に口頭試問をおこなう。美しい容姿を観賞したり、聡明な応答を聴《き》いたりするのが娯《たの》しみなのだが、その場で家柄自慢をはじめる候補者が合格した例《ため》しはなかった。

ラジェンドラはまず市場調査の報告書から目を通す。さまざまな商品の価格をたしかめていると、大臣のひとりが遠慮がちに問いかけた。

「陛下、他にさまざまな報告書もありますものを、なぜ区々《くく》たる物価など優先なさるので？」

「市場の動きを見れば、民が何を必要としているかがわかる。そうであれば、農業にしろ、外国との交易にしろ、政事《まつりごと》の基礎をさだめることができる。そうであろうが」

「おお、陛下はまことに賢明なご君主にあらせられます」

「賢明なのはお前だ、ナタプール」

「私めがでございますか」

「そうとも、お世辞《せじ》というやつには、資本《もとで》がかからんからな。無料《ただ》で主君のご機嫌《きげん》がとれる。それを知っているお前は利口者《りこうもの》だ」

おそれいる大臣に皮肉っぽい笑いを向けて、ラジェンドラは報告書を読みつづけた。

「ええと、米に小麦に大麦……前月とほとんど変わっておらんな。羊はすこし値上がりの傾向がつづいておるが、牛は逆に値下がりしておる。これは通常の変動の範囲内だな」

「さようでございます。国王《ラージャ》のご威徳《いとく》をもちまして、今月は天候も安定しておりますれば」

「ふん、いいかえると、嵐や兇作《きょうさく》になれば、予《よ》の不徳のせいか」

きつい皮肉だが、笑いながらいうので、それほど嫌《いや》みにはならない。だが、その笑いはすぐに消えた。

「これは何だ、妙な値動きをしているものがあるぞ。前月に較《くら》べて三倍の値になっておる」

「お気づきで。芸香《ヘンルーダ》でございます」

「芸香《ヘンルーダ》の使途《つかいみち》は何か」

「他の柑橘類《かんきつるい》とおなじでございます。実を食べます。汁をしぼって飲んだり、布を染めたり、また香料や薬品にも使います。べつにめずらしいものではございません」

「ふん、ではなぜ芸香《ヘンルーダ》だけが高値で売れるのだ。レモンもシトロンも、他の柑橘類はそれほど値上がりしておらんではないか。理由を教えろ」

ここで理由がわからぬと答えれば、無能者あつかいされてしまう。廷臣《ていしん》たちの間にささやきがおこり、小肥《こぶと》りのまだ若い男が国王《ラージャ》の前に進み出て平伏した。アサンガという名の書記官である。

「つつしんでご報告申しあげます。今月にはいってよりパルスの商船が、わが国の港にはいるたび、市場に出まわる芸香《ヘンルーダ》を買い占《し》めております。それで値が上がっているのでございます」

「ほう、パルスが。して、なぜやつらが買い占める？」

「芸香《ヘンルーダ》には魔除《まよ》けの効果があるといわれております」

「魔除け……」

ラジェンドラの目が朝日を受けて光ったようだ。

「これはパルスで何かが起こっておりますな」

さかしげにいうナタプール大臣を見やって、ラジェンドラはかるく口もとをゆがめた。

「そのくらいは、予にもわかる。重要なことは、何が起こっているのかだ」

「ごもっともで」

「吉か兇か。それぐらいはわからぬものか」

「たぶん吉ではございますまい。何しろ魔除けを必要としているのでございますから」

「パルスにとって兇でも、シンドゥラにとっても同様とはかぎらんぞ」

何種類もの果物が皮をむいて硝子《ガラス》の皿に盛られ、蜂蜜と乳精《ヨーグルト》がかけられている。大きな匙《さじ》で、ラジェンドラは好物を口に運んだ。

「パルスにとって兇だとして、その弱みにつけこんで動くのは、吉か兇か。そなたらの意見を聴《き》かせてもらおうかな」

またしても廷臣たちはざわめいた。口いっぱいに頰《ほお》ばったものをラジェンドラがのみ下したとき、思いきったようにアサンガが言上《ごんじょう》した。

「おそれながら、兇でございます」

「ほう、理由は？」

「弱みに乗《じょう》じてパルスを討つとしても、成功するとはかぎりませぬ。陛下もご存じのとおり、パルスの兵は精強《せいきょう》で、将は武略《ぶりやく》に富んでおります」

「いやというほど存じておるさ」

と、シンドゥラ国王は妙に率直である。

「この国で、そのことを誰よりも身にしみて知っているのは予だ。だが、だからと申して、手を出す前からあきらめるのも、癪《しやく》だからなあ」

小さくアサンガは咳《せき》ばらいした。

「失敗すれば、パルス人の怨《うら》みを買い、報復の口実をあたえることになりましょう。わが国はいま東方への進出をはかっておりますところ、後背《こうはい》にあえて憂いをつくり出す必要はございますまい」

「ふむ」

「それに……」

「それに、何だ？」

「パルスの国王《シャーオ》アルスラーンは、わがシンドゥラの同盟者として、つねに盟約に忠実でした」

「あいつはお人好《ひとよ》しだからな」

ラジェンドラは決めつけたが、蔑《さげす》んでいるのではなく、むしろ苦笑のひびきがあった。

「であればこそ、わが国は西方国境の憂いもなく、北のチュルクや東のモン族やシャン族と対峙《たいじ》できる。わかっておるさ。だが、さっきもいったであろう。機会があるのに手を出さないのは、つまらぬではないか」

要するに、パルスに兇事が生《しょう》じたら、ちょっかいを出してやりたいのである。ラジェンドラの悪癖《あくへき》であり、それを知っている廷臣たちは、「こまった王さまだ」といいたげな視線をかわしつつ無言を保《たも》った。書記官アサンガは宮廷に出仕《しゅっし》して日が浅く、いささかむきになって諫言《かんげん》する。

「アルスラーン王を打倒できたとしても、わが軍の力だけでパルス全土を制圧するのは不可能でございます。危機に乗《じよう》じ、弱みにつけこんで不正な利益を得たとしてもとうてい……」

ラジェンドラは匙で硝子の深皿の縁をたたいた。澄んだ音がひびいた。

「アサンガとやら」

「は、はっ」

「そなたが申しておるのは、意見か、それともお説教か」

アサンガは青ざめた。

「お、お恕《ゆる》しください。臣下の分際で、すぎた口をたたきました。どうかお恕しを」

「もともと本気でいったわけではない。統治者として、国の未来に、できるだけ広く選択の余地をのこしておきたいだけだ。怒ってはおらん。もうよい、さがれ」

アサンガが額《ひたい》を床にこすりつけると、安堵《あんど》の空気が流れた。こまった王さまだが、けっして暴君ではない。

「では、どうなさいます、国王《ラージヤ》？」

「シンドゥラとして最善の方策をとる」

「そ、それはいかような？」

廷臣たちが思わず身を乗り出すと、ラジェンドラは匙を大皿に投げ出した。

「わが国に産する芸香《ヘンルーダ》を、パルス人どもに今後も売ってやれ。高値でな。そう、パルス人どもが怒り出さない範囲でだ。たがいに利益になれば、けっこうなことではないか」

ラジェンドラは笑い、廷臣たちはいっせいに頭をさげた。たしかに当面これ以上の方策はないように思えた。

ただ、ラジェンドラも廷臣たちも、まだ知らないことがある。それはシンドゥラ国内の、芸香《ヘンルーダ》を産する畑が、つぎつぎとパルス人によって買収されているという事実だった。畑は市場で売買されるものではないから、報告書に記載されないのである。

II

「染血の一夜《マシーズーア・ドウータ》」

パルス暦三二五年六月二十九日から三十日にかけての夜を、歴史書はそう呼ぶ。パルス国のほとんど全土で、善良な老若男女《ろうにゃくなんにょ》はやすらかに夢路をたどっていたのだが、ただ一カ所、東方国境の要衝たるペシャワール城塞《じょうさい》とその周辺だけは事情がちがった。

二十九日、熱泥《ねつでい》を煮つめたかのような太陽が沈みゆくなか、ペシャワールは魔軍の襲来を受けたのだ。発見したのはトゥース卿の三人の妻たちであったが、それが主将クバード卿に急報されると同時に、数千数万の魔物が空中に舞いあがり、攻撃をしかけてきたのである。その羽ばたきは嵐となって天と地をつつみこみ、ペシャワールの城塞は赤と黒の二色に染めあげられたかに見えた。

パルス軍の五将、クバード、トゥース、イスファーン、ジャスワント、メルレインは魔軍を迎撃するために策を練ってはいたが、それを実行にうつす暇《いとま》もなく先制された。諸将が愕然《がくぜん》としたのは、魔軍の戦法である。鳥面人妖《ガブル・ネリーシャ》や有翼猿鬼《アフラ・ヴィラーダ》は三匹が一組となって籠《かご》らしきものを吊《つ》りさげ、そのなかに大小の石をいれ、他の何匹かが石をつかんで地上へ投げつけたのだ。石の雨がうなりを生じてペシャワール城塞へ降りそそいだ。

「みんな家のなかへはいれ!」

クバードがどなった。その足もとに勢いよく石がはね返って、隻眼の万騎長《マルズバーン》のたくましい肩をかすめる。

「家にはいって、投石をやりすごせ! 反撃するのは、やつらが石を投げつくしてからだ。いそげ!」

降りそそぐ石の雨の下、将兵は頭をかばいながら近くの建物へ走りこんだ。逃げおくれた者は悲惨だ。全身を石で打たれ、地に這《は》う者。頭を割られる者。肩をくだかれる者。負傷者を救おうとする者も、石の豪雨の下、血にまみれて倒れ伏す。

空中からの投石。

これほど悪辣《あくらつ》で容赦ない戦法を、どこの何者が考えついたのか。有翼猿鬼《アフラ・ヴイラーダ》だの鳥面人妖《ガブル・ネリーシャ》などが考えつくこととは、とても思われない。

天井が鳴りひびく。豪雨に似ているが、乾いた猛々《たけだけ》しい音で、つまり石の雨が降りそそいでいるのだ。天井から床へと、埃《ほこり》が舞いおりてくる。

「対抗しようがないな、これでは」

「だが、いつまでもつづくものでもあるまい」

おなじ家に逃げこんだジャスワントとメルレインがささやきかわした直後、頭上で異音《いおん》がはじけた。反射的にふたりは壁ぎわへと跳《と》びのく。人頭大《じんとうだい》の石がいくつか、それに木片や煉瓦《れんが》が滝となって床をたたき、石の床も表面がくだけて破片を飛散させた。

屋根と天井が破壊されたことを、ふたりは知った。まきあげられ、舞いくるう埃のなかへ、黒い奇怪な影がいくつも降下してくる。口々に叫びたてるのは、殺戮《さつりく》を喜ぶ歌だ。

降下した影が獲物を見つけ、奇声《きせい》とともに躍りかかってくる。その影がはね飛んだのは、ジャスワントの投げつけた槍《やり》につらぬかれたからだ。

同時にメルレインが突進した。長剣を右の敵に突き刺し、左の敵の咽喉《のど》を短剣でかき切る。切断された気管が死の笛を吹き鳴らし、なまぐさい血が埃とまざりあって異臭がたちこめた。

刃の血を振りすてつつ、メルレインは舌打ちした。

クバードが全将兵に家にはいるよう命じたのは正しい。というよりそれ以外に選択の途《みち》はなかった。だが、それによって全軍の指揮系統は寸断《すんだん》されてしまう。家にはいった兵士たちは、各個に怪物たちと闘うしかない。そこまで計算していたとしたら、何という敵の狡猾《こうかつ》さ！

剣を抜いたジャスワントが、右に左に、何匹かを斬り裂く。メルレインは、一匹の胸に短剣を突き刺し、蹴り倒した。あいた左手に、兵士の落とした槍をつかむ。あらたな物音に振り返ると、扉口《とぐち》から有翼猿鬼《アフラ・ヴィラーダ》が飛びこもうとしている。

「ほう、扉口から来るとは、礼儀ただしいやつだ。ただし入場料は払ってもらうぞ」

メルレインは槍をかまえた。

怪物どもは、せまい扉口にひしめきあっている。右にも左にもかわしようがない。

メルレインの繰《く》り出した槍は、一匹めの胸をつらぬいた。穂先《ほさき》は血を噴かせてその背中から飛び出し、二匹めの胴をつらぬき、さらに三匹めの胸板に深々と突き刺さって、そこでようやくとまった。一槍で串刺しにされた三匹の怪物は、人間たちの魂を冷やすような叫喚《きようかん》をあげ、全身を痙攣《けいれん》させる。絶命《ぜつめい》しても、せまい扉口ゆえ、倒れることもできない。三匹一体となって扉口をふさぎ、後続の仲間をさえぎる形となった。

メルレインはいまいましげに僚将《りようしよう》に声をかけた。

「めんどうだが、当分は、一匹ずつ根気よくかたづけていくしかないな」

「他の人たちは無事だろうか」

案じても、投石の雨がやむまでは屋外に出られず、僚友たちの安否《あんぴ》をたしかめる術《すべ》はなかった。

トゥースの三人の妻たちのうち、長姉《ちようし》のパトナと次姉《じし》のクーラは、じつはメルレインたちから五十歩と離れていない隣の建物にいた。そこは城内の芸香《ヘンルーダ》を集積してある場所だった。もっとも作業がはじまったばかりで、大きな籃《かご》にまだ一杯分しかない。ふたりは、夫のもとにそれを運ばなくては、と思った。そして籃に手をかけたとき、窓が割れた。黒い異形の影が躍りこんでくる。

「有翼猿鬼《アフラ・ヴィラーダ》！」

叫んだクーラが腰の剣を抜き放った瞬間、怪物の前肢《まえあし》が彼女の手をはらった。剣が床にころがり、クーラはよろめく。怪物は口を開き、むき出しになった牙を彼女の頸《くび》に突き立てようとした。だが、怪物の邪悪な目的は、はたされなかった。大きく開いた口のなかに、何かが飛びこんだのだ。

反射的に、有翼猿鬼《アフラ・ヴィラーダ》はそれをのみこんでしまった。一瞬後、怪物の腹中《ふくちゅう》で苦痛が爆発した。有翼猿鬼《アフラ・ヴィラーダ》は絶叫しようとしたが、それすらできない。腹をかかえこみ、唾《つば》とも胃液ともつかない液体を口角《こうかく》に泡だてながらもがきまわる。

その間に、クーラは床の上から剣をすくいあげていた。柄《つか》を両手でつかみ、大きく身体《からだ》の右側面に振りかぶり、反動をつけると、渾身《こんしん》の力をこめて刀身を怪物の胴へたたきこむ。

有翼猿鬼《アフラ・ヴィラーダ》は胴を半ば両断され、地にくずれ落ちた。口を最大限に開いたまま、最期の叫びをあげることもできず。

クーラは大きく息を吐き出し、よろめく足を踏みしめて転倒をこらえた。

「クーラ、無事!?」

「ありがとう、姉上、おかげで助かりました」

妹の危急《ききゅう》を見たパトナは、とっさの機転で、手にした芸香《ヘンルーダ》の実を、有翼猿鬼《アフラ・ヴィラーダ》の顔面めがけて投げつけたのである。破魔《はま》の小さな果実は、怪物の口から腹中へ飛びこみ、たちどころに効果を発揮したのだった。

とどめのひと刺しを有翼猿鬼《アフラ・ヴィラーダ》の頸《くび》すじに加えて、ふたりは芸香《ヘンルーダ》の大籃《おおかご》を持ちあげた。

片手に籃の把手《とって》をにぎり、もう一方の手に剣をつかんで、建物の外へ駆け出す。

すさまじい喧騒《けんそう》が広場を満たしていた。悲鳴に怒号、乱れた足音、皮の翼が宙をたたく音、鉤爪《かぎづめ》が肉を引き裂く音、棍棒《こんぼう》が骨をへし折る音、投石が石畳にあたって砕ける音、人と魔が組みあったまま壁にぶつかる音。重い音に鋭い音。それらが衝突しあう大混乱のなかを、パトナとクーラは駆けぬけていく。夫と妹の姿を求めて。

彼女たちが上方を見やったら、とある屋根の上に立つ甲冑《かっちゅう》姿の男を見出《みいだ》したかもしれない。青から黒へ変色しつつある空の下、その姿は、羽をやすめる猛禽《もうきん》を思わせた。

「ペシャワール……ペシャワール……ペシャワール……！」

幾度となく繰りかえす男の声は、酔っているようでもあり、呪詛《じゅそ》するかのようでもある。

パルス暦三二一年六月、つまり四年前のことであったが、トゥラーン国王《カガーン》トクトミシュを殺害して全軍の指揮権をにぎったイルテリシュは、ペシャワールを強攻《きょうこう》して失敗した。全軍潰滅《かいめつ》の惨状からただひとり逃《のが》れ、闇のなかへ姿を没し去ったのだ。その闇は底知れぬ深さと濃さとでイルテリシュを引きずりこみ、囚《とら》われ人としてしまった。

まさに、この男こそ、「親王《ジノン》」と呼ばれていたイルテリシュであった。つい先日、北方の曠野《こうや》で旧知《きゅうち》のジムサと剣をまじえた彼は、怪物どもによって空中を運ばれ、ペシャワール城に姿をあらわしたのだ。デマヴァント山の地下迷宮を脱出してペシャワールへ急行する途中、パルス軍の一部がイルテリシュの姿をはるかに望んだが、正体を確認することはできなかった。

イルテリシュはにわかに屋根を蹴った。甲冑を着た身で路上に舞いおりたのは、人間の限界をこえた業《わざ》であった。仰天《ぎょうてん》したのは、路上で兵士たちに指示を下していた中年の武将であった。千騎長モフタセブである。

一言も発せられなかった。イルテリシュの斬撃《ざんげき》が、不吉なうなりを生《しょう》じてモフタセブにおそいかかる。

千騎長の額の寸前で、二本の刃が牙を噛《か》みあわせた。鋼の灼《や》ける匂いが鋭く鼻を刺す。イルテリシュは笑い、すばやく剣を引くと、激烈な第二撃を放った。

モフタセブは受けた。受けはしたが、剣を持つ手に痺《しび》れが走った。イルテリシュの斬撃はそれほど重く、烈《はげ》しく、一気にモフタセブを劣勢に追いこんだ。

「実力以上に、よくやったな。ほめてつかわすぞ、パルス人」

モフタセブの左肩から右の腋《わき》にかけ、トゥラーン人の剣が大きく深く喰《く》いこみ、赤黒い飛沫《しぶき》が高く弾《はじ》け散る。

国王《シャーオ》アルスラーンの即位以来はじめて、パルスは戦場に千騎長を喪《うしな》った。

血ぬれた刃を手に、イルテリシュが薄笑いを浮かべたとき、歴戦《れきせん》のパルス兵たちは地を踏み鳴らして後退した。戦意を上まわる恐怖に打たれたのだ。彼らの千騎長は声もなく血の池に倒れこみ、血臭《けつしゅう》が夜風に乗って吹きつけてくる。

イルテリシュは一歩前進した。あらたな血への渇望《かつぼう》に、両眼が妖熱《ようねつ》をたぎらせ、視界に映《うつ》るかぎりのパルス兵を殺しつくすべく、剣尖《けんせん》が上がる。

III

そのとき、近くで荒々しい人声と物音とがわきおこった。それは建物と建物との間にある石段で、ひとりのパルス人が怪物どもに追われつつ闘っているのだった。二匹の四足獣がその左右を護《まも》るように寄りそって走っている。「狼に育てられし者《ファルハーディン》」ことイスファーンであった。

躍りかかってきた一匹を、振り向きざまに斬って落とし、つぎの瞬間、イスファーンは跳躍している。

その足もとで苦痛のうめき声がして、有翼猿鬼《アフラ・ヴィラーダ》の一匹が、頭をかかえながら石段を転落していった。イスファーンは跳躍するための踏み台として、有翼猿鬼《アフラ・ヴィラーダ》の頭を利用したのである。

他の有翼猿鬼《アフラ・ヴイラーダ》たちが憤怒と憎悪のわめき声を競《きそ》いあう。意に介さず、イスファーンは宙を舞って、路上に立っていた。二匹の少年期の狼を左右にしたがえ、倒れ伏した千騎長の姿を夕闇にすかし見て歎息《たんそく》する。

「モフタセブ、討たれたか。仇はとってやるぞ！」

パルス兵たちは歓喜の声をあげて、たのもしい若い勇将を迎えた。イルテリシュは無言。恐れる色などなく、両眼の妖熱をさらにたぎらせ、イスファーンに剣尖を向けた。イスファーンのほうも怯《ひる》む色はなく、琥珀色《こはくいろ》の瞳に闘気をひらめかせる。双方、歩を進めて戛然《かつぜん》と剣をあわせた。

わずかではあるが、イスファーンの剣勢《けんせい》はいつもの鋭さを欠いていた。当惑がそうさせたのだ。十数合、烈しく刃をかわすうちに、中途半端に記憶が刺激されたのである。こやつの顔、どこかで見たことがある。たしかに見た。だが、いつ、どこで見たのだろう。

四年前、おなじペシャワールの地で、イスファーンはイルテリシュと剣をまじえているのだ。だが乱戦のただなか、ごく短い時間のことであり、記憶はさだかではない。まして印象がまったく異《こと》なる。当時のイルテリシュは、剽悍無比《ひょうかんむひ》であり、野心と闘志をたぎらせていたが、人外《じんがい》の妖気とは無縁の男であった。

ごくわずかなイスファーンの当惑に、尋常《なみ》の剣士ならつけこめるものではない。だが、イルテリシュはつけこんだ。右へ撃ちこみ、つぎは左と見せかけて剣を急角度に旋回させ、たてつづけに右へ。イスファーンともあろう者が、一瞬、対応を遅らせた。受けとめたものの体勢をくずし、路面を踏み鳴らして、ついに片ひざをついた。イルテリシュが短く咆《ほ》え、見守る兵士たちが絶望の声をもらす。

だが必殺の一閃は、イスファーンの身には落ちかかってこなかった。短く鋭い悲鳴をあげて地にたたきつけられたのは、少年期の狼だ。主人を助けようとイルテリシュに飛びかかり、空中で、イルテリシュの魔刃《まじん》にとらえられたのである。

「火星《バハーラム》……!」

悲痛に呼びかけるイスファーンの声は、すでに若い狼の耳にはとどかなかった。自分自身の胴から噴き出る血にまみれ、赤く染まった尻尾《しっぽ》を二度動かしたが、それで力つきた。火星《バハーラム》は瞳に主人の姿を灼《や》きつけたまま、瞼《まぶた》を閉ざし、永久に動かなくなった。

はね起きようとするイスファーン。今度こそ、とばかり剣を撃ちおろそうとするイルテリシュ。夕闇を引き裂くほどの火花が炸裂《さくれつ》し、イルテリシュの刃を払いのけたイスファーンが躍り立つ。

その横で兄弟の別離がおこなわれていた。

土星《カイヴァーン》は鼻面《はなづら》で兄弟の頰をつつき、さらに舌でなめた。彼とおなじ日時に生まれた分身がまったく反応しない、その理由がわからず、ただ哀《かな》しみだけがわきおこって、少年期の狼を困惑させているようだ。

「きさまあッ……！」

これは人語だ。発したのは仔狼たちの育ての親であり名付親《なづけおや》だった。両眼に憤怒の火光《かこう》を燃えたたせて、イスファーンが疾走する。疾走しながら、腰だめにかまえた長剣を、鋭く振りかぶり、暴風の勢いで振りおろした。

火花が瞳を灼く。刃鳴りが鼓膜《こまく》に突き刺さる。イスファーンの勢いがまさり、イルテリシュは歯をむき出しながら一歩後退した。

トゥラーン人の脚をねらって、毛皮のかたまりが低い位置から飛びかかろうとする。土星《カイヴァーン》が怒りで哀しみを追いはらい、兄弟の仇を討とうとしたのだが、イスファーンが叱《しか》りつけた。

「やめろ、土星《カイヴァーン》、お前の出番ではない！」

彼は土星《カイヴァーン》が兄弟の二の舞を演じるのを恐れたのだ。

たてつづけに五度、刃鳴りが宙を切り裂き、飛散する火花の下で両者の位置が入れかわる。

イルテリシュが短く笑い、大剣を持つ右手と空《から》の左手を大きくひろげた。あたかもイスファーンの身体を上方からわしづかみにするかのような姿勢だ。委細《いさい》かまわず、イスファーンは突進し、がらあきになった敵の咽喉《のど》もとめがけて剣を奔《はし》らせた。

にわかにイルテリシュは左脚を引き、身体を開いた。パルス人の必殺の突きは電光のごとく虚空《こくう》をつらぬく。トゥラーン人は高々とかかげた剣を真下に振りおろした。

剛速の斬撃は、イスファーンの頸部《けいぶ》に撃ちおろされ、一閃で頭部と胴体を斬りはなす。そのはずだった。だが、うなりを生じたトゥラーン人の剣は、音高く、べつの刃にさえぎられていた。

あらたな火花に照らし出されたのは、隻眼《せきがん》の男の顔であった。イルテリシュの剣をひとまわり上まわる幅広の大剣が、こびりついた血ごとトゥラーン人に向けて突き出される。

「熱くなるな、イスファーン卿。冷静さを欠いてはこやつに勝てんぞ」

クバードは一歩踏み出し、跳《と》びすさった敵を、強い眼光で見すえた。イスファーンがあえいだ。

「こやつが何者か、クバード卿はご存じか」

「イルテリシュだ、おぬしも知っておろう」

「……イルテリシュ？　あのイルテリシュ!?」

パルス軍を苦しめぬいたトゥラーンの若き猛将。その名を耳にして、イスファーンの記憶がよみがえった。おどろきは、記憶がよみがえってからのほうが強烈だった。千騎長モフタセブを討ち、火星《バハーラム》を殺したこの妖人《ようじん》が、イルテリシュだというのか!?

イスファーンはうめいた。

「ですが、イルテリシュは死んだはずでは!?」

「おれもそう思っていたが、確認した者は誰もおらん。ここにこうして立っているところを見ると、ふてぶてしくも、あの敗戦を生きのびたらしいな」

四年前、戦場でクバードはイスファーンよりも長い時間、「トゥラーンの狂戦士」と顔をあわせていたのである。

「いや、それとも、いったん地獄の住人となりながら、地上へ這《は》い出してきたか。あの眼つきを見ると、そう思いたくなるな」

クバードは恐怖を知らぬ男といわれる。だが、不気味さを感じとることができぬわけではない。イルテリシュの全身から発散される瘴気《しょうき》は、有翼猿鬼《アフラ・ヴィラーダ》が百匹あつまってもおよばぬ不気味さであった。

「地獄の住人だろうと、天国の神人《アンゲル》だろうと、この世に生かしてはおかぬ」

イスファーンと並んで、土星《カイヴァーン》が怒りのうなり声とともに前進する。これまで育ての親の命令を守ってひかえていたが、もはや哀しみは怒りと敵意に圧倒され、兄弟の仇を討たずにおくものか、といわんばかり。

だが、奇声がかさなりあい、異形の影が何十もどっとなだれこんで、ひとしきりの混乱がおさまると、クバードやイスファーンの前からトゥラーン人の姿は消えていた。かさなりあう人と魔の死体のなかに、クバードは、たいせつな部下の動かぬ姿を見出した。

「モフタセブを死なせてしまった。信頼できる男だったのにな」

大剣からあらたな血の雫《しずく》が地に垂《た》れる。

部下を悼《いた》むクバードの心情に、いつわりはなかった。モフタセブは地味だが堅実な男で、クバードの信頼によく応《こた》えた。盗賊の討伐などは手慣れたものだったし、クバードの留守中にはペシャワール城をあずかって大過《たいか》なく務《つと》めをはたした。ペシャワール城司という重任に在《あ》りながら、クバードが酒と女を充分以上に娯《たの》しむことができたのは、モフタセブというよき補佐役がいてくれたからだ。

イスファーンは剣をおさめ、地にひざまずいて、火星《バハーラム》の亡骸《なきがら》を抱えあげた。その脚に尾をからめるように土星《カイヴァーン》が寄りそい、夜空に向かって兄弟を弔《とむら》う歌を咆《ほ》えあげた。怪物どもが乱舞する空は、落日の最後の余光《よこう》を消し去り、黒々と城塞を圧《お》しつぶしている。

クバードがつぶやいた。

「そういえば、トゥース卿はどこにいる？」

IV

トゥースの鉄鎖《てつさ》は、拭《ふ》き浄《きよ》める必要があった。すでに十数匹の鳥面人妖《ガブル・ネリーシャ》や有翼猿鬼《アフラ・ヴイラーダ》の脳天を撃ちくだき、頸骨《けいこつ》をへし折って、血と粘液にぬらついている。沈毅《ちんき》さにおいて、パルス軍のなかで大将軍《エーラーン》キシュワードと並び称されるこの男は、難戦苦闘《なんせんくとう》のさなかにあって、冷静な思考をうしなわなかった。

「夜の間は眼前の敵から身を守るしかない。作戦など、夜が明けてからのことだ」

一戸の建物のなかだ。左右を見て、かるく笑った。

「そうなれば、お前たちが持ってきてくれた芸香《ヘンルーダ》も役に立つ」

片時《かたとき》も夫の傍《そば》を離れなかったユーリン、混乱のなかで夫と再会したパトナとクーラ、三人がそろってうなずく。そのとき扉の外で大声がした。

「そのなかにいるやつら、出てこい」

赤く黄色く揺れ動く光を頭上にして、男が立っている。空中にいる妖魔たちが松明《たいまつ》を手にしているのだ。扉をわずかに開《あ》けて、外をのぞいたパトナが、そのありさまを夫と妹たちに告げた。

「顔は見えるか？」

トゥースの問いに答えるパトナの声が、おさえようもなく震えている。

「逆光になって、よくわかりません」

その語尾をかき消すように、たけだけしい声がひびいた。

「出てこい、パルス人ども。いつまでこそこそ隠れているつもりだ。十を算《かぞ》えるうちに出て来ぬと、火の雨を降らせてくれるぞ」

トゥースは表情こそおちついていたが、内心、愕然《がくぜん》とした。妖魔たちは火を使えるのか。火を使うことをあの男が教えたのか。いったい何者だ。

「声にトゥラーンの訛《なま》りがあります」

「たしかにそう聞こえるな」

トゥースは眉をしかめた。いま耳にした事実の意味を考える。「パルス人ども」という呼びかけ自体、男がパルス人ではないことを意味しているが、トゥラーン訛りとはどういうことか。滅亡したにひとしいトゥラーンの武将が、誰か生き残っており、怪物の群れをひきいてパルスに復仇《ふっきゅう》しようとしているのであろうか。

「……七……八……九……」

わざとらしく算える声は終わりに近づいていた。

「待て！」

叫ぶと同時に、トゥースは扉を開け放っている。三人の妻が悲鳴まじりに制止しようとしたが、トゥースは鉄鎖をにぎりなおしながら、

「心配するな。お前たちを残しては死なん」

飾りのない声調《せいちょう》でいうと、ごく自然な足どりで歩き出す。頭上にむらがる数百の松明《たいまつ》が、あるいは濃く、あるいは薄く、いくつもの影を地上に揺らした。

「出てきたぞ」

「きさまひとりか」

「そうだ」

「虚言《きょげん》の罰だ。八つ裂きにされろ、パルス人」

あざわらう声と同時に、頭上から影が落ちかかった。扉のすぐ上に、二匹の鳥面人妖《ガブル・ネリーシャ》が貼りついていたのだ。トゥースは鉄鎖をはねあげた。一匹の顎《あご》が砕かれる。だが、さすがにトゥースの応戦は万全《ばんぜん》ではなかった。二匹めが伸びきった鉄鎖を横あいからつかみ、

トゥースの右手に鉤爪を立てたのだ。

トゥースの右手から血がはね、彼は鉄鎖をうしなった。

勝利の叫びを発して、三匹めの鳥面人妖《ガブル・ネリーシャ》が躍りかかる。とっさにトゥースは地面に身を投げた。鉤爪の猛襲《もうしゅう》をかわし、ころがりながら剣を鞘走《さやばし》らせる。

鉄鎖術において、トゥースは、パルス全土に比類ない達人である。剣や槍にかけては、そこまでの技倆はない。だが、もちろん、平凡な兵士を相手どって後《おく》れをとるはずもなかった。人であれ、魔であれ。

トゥースの剣が低い位置から怪物どもの膝《ひざ》をなぎはらう。血と苦鳴《くめい》とが飛散し、切断された脚が石畳にころがった。

起きあがるまでに、トゥースは四匹の怪物を地に這《は》わせている。呼吸をととのえるのと起きあがるのを同時にはたしたとき、眼前に男がせまっていた。

その男、かつて「親王《ジノン》」と呼ばれていたイルテリシュは、猛気をたぎらせつつ、自在な剣さばきでトゥースを追いつめる。

剣の技倆においてはイルテリシュが上であった。彼は猛撃《もうげき》の連続でトゥースを圧倒したが、パルス人武将を血の海に斬り倒すことはできなかった。トゥースは彼我《ひが》の技倆の差を見切り、完全な防御に徹して時間かせぎを図《はか》ったのだ。火花を散らすこと十数合。

イルテリシュが嘲笑した。

「どうした、逃げまわるだけがパルスの剣技か」

いいながら、右へ撃ちこみ、左へ斬りつけ、猛撃に猛撃をかさねる。トゥースの冑《かぶと》が音をたてて夜空へはね飛び、頭部がむき出しになった。すでに右手は負傷している。さらに左の上腕部から血がしぶいて、トゥースを見おろす妖魔たちは、彼の死を確信した。

突然、悲鳴をあげて鳥面人妖《ガブル・ネリーシャ》の一匹が夜空から落下した。二本の矢が咽喉と胸をつらぬいている。クーラとパトナの弓弦《ゆんづる》が鳴り終わる間もなく、駆けつけたユーリンが怪物の手から鉄鎖をもぎとっていた。

「トゥースさま、これを！」

ふたたび地面に身を投げながら、トゥースは左右の手首を同時にひるがえしていた。剣を放り出し、飛んできた鉄鎖をつかむ。

彼の手にもどった鉄鎖は、生あるもののように宙を躍った。風を切り、鉄の身体を持つ蛇と化して、イルテリシュにおそいかかる。

金属と金属が激しくからみあう音がして、イルテリシュの剣と鉄鎖とが宙に死の橋をかけた。

双方、にらみあったまま動かない。動けない。

「剣をへし折ってやるつもりだったが、みごとに受けたものだな」

トゥースの声に感歎の念《おも》いがにじんだ。イルテリシュは口の片端だけを吊《つ》りあげて、敵の賞賛に応《こた》えた。

「そのまま動くな、トゥース卿！」

力感《りきかん》に満ちた声がひびいた。トゥースは視界の隅にクバードの雄姿《ゆうし》をとらえた。隻眼の万騎長《マルズバーン》だけではない。たがいにさがしあい、集合したメルレイン、ジャスワント、イスファーン、土星《カイヴァーン》が顔をそろえている。

「そやつはトゥラーンの狂戦士イルテリシュだ。殺せ、全員、総がかりでな」

クバードがイルテリシュを指さす。

「そやつが指揮官だ。そやつがいなければ、妖魔どもは逃げ散る。一万の妖魔どもを殺すより、そやつひとりを討ちとることだ」

隻眼の万騎長《マルズバーン》クバードは、戦士としては豪快であったが、用兵家としてはむしろ辛辣《しんらつ》というべきかもしれない。イルテリシュというきわめて有害な敵を排除するためには、「堂々たる一騎打ち」という戦士としての美学を、あえて棄《す》て去った。その将帥《しょうすい》としての凄《すご》みが僚将たちを圧し、異議をとなえる者はいない。

イルテリシュは声をはりあげた。

「一対一で闘う勇気がないのか、戦士としての誇りを持たぬパルス人め」

「空から石を降らせるようなやつに、戦士の道を説《と》かれる筋合《すじあい》はないな。対等というなら、きさまの手下どもを地上におろせ」

これは誰が見ても卑怯だ、という行為は存在するが、「巧妙」と「卑怯」との間に明確な一線を引くことはむずかしい。その線上をすまして闊歩《かっぽ》するのがパルスの宮廷画家ナルサスであり、口笛を吹きながら渡ろうとして足を踏みはずすのがシンドゥラ国王ラジェンドラ二世だといわれる。いずれにしても、クバードは論争に時を費《ついや》す気などなかった。クバードが本気であることを、イルテリシュもさとった。彼は血光《けつこう》をたたえた両眼でクバードを見すえた。クバードの左右で武器をかまえるメルレイン、イスファーン、ジャスワント、トゥースと三人の妻をにらみまわす。一対一なら知らぬこと、倒れて死ぬのが誰かあきらかであった。

イルテリシュは剣を手放し、身をひるがえした。同時にイスファーンとジャスワントが地を蹴る。斬撃の一閃が左上から右下へ、もう一閃が右上から左下へ、銀色の弧《こ》を描いた。イスファーンの剣はイルテリシュの後頭部にわずかにとどかず、冑《かぶと》の房《ふさ》数十本を宙に散らした。ジャスワントの剣はこれまたわずかに肩にとどかず、甲《よろい》の表面に浅く亀裂《きれつ》をいれるにとどまった。イルテリシュは前方につんのめって、大きく前傾した奇怪な姿勢のまま走りつづける。

クバードの大剣、メルレインの長剣、トゥースの鉄鎖が、あいついでうなりを生《しよう》じた。だが、それらはイルテリシュに対して用いられたものではない。夜空から急降下し、おそいかかってきた怪物どもに対してのものであった。

松明が投げ落とされ、炎の滝が地上に降りそそぐ。それを剣が切り飛ばし、鉄鎖がなぎはらう。だが大半の火は地上に達してしまった。

パルス兵の幾人かが絶望の声をあげた。

「だめだ、救援がまにあうはずはない」

救援を求めるため、急使五騎がペシャワールから西へ奔《はし》ったのは、つい先刻のことである。大陸公路の要地ソレイマニエまで、どれほど急いでも三日はかかる。そこから王都エクバターナまで、さらに三日。何の妨害もなければ、合計六日という計算だが、王都に到着したときには人も馬も半死半生のありさまだろう。

王都では、国王《シャーオ》の直属部隊がつねに東西国境の危急にそなえてはいる。一日か二日で緊急の出動態勢をととのえ、雄将《ゆうしよう》ダリューンあたりが統率して東へと急行する。完全武装の軍隊がペシャワールに到着するのに、六日ではたりない。二日はよけいにかかると見るべきだ。

つまり、王都エクバターナからの援軍がペシャワールに到着するまで、最低でも十五、六日を必要とする計算になる。この点は、パルスの軍事史においで、これまでまったく問題とされてこなかった。ペシャワールは大陸公路でも屈指《くっし》の要害で、糧食《りょうしょく》さえ不足しなければ一年をこす籠城戦《ろうじょうせん》にも耐えぬくことができる。堅固な城壁に拠《よ》って、油断なく応戦していれば、十五日から二十日で強力な援軍が駆けつけるのだ。敵は攻囲《こうい》を解いて撤退するか、ぐずぐずしているうちに城塞と援軍とに挟撃《きょうげき》され、むなしく敗走するか、どちらかの末路《まつろ》をたどることになる。

だが、いまや十五日後の援軍など、何の意味もないように思われた。パルスのことわざにいう、「葬式がすんだ後、やぶ医者が薬を持ってきた」という状況になりそうだった。ペシャワール城内の建物は、ほとんどが、石、煉瓦《れんが》、漆喰《しっくい》でつくられているが、木造のものもある。数カ所で火の手があがり、夜の闇に点々と赤い色が灯《とも》った。

「燃えひろがりはせん。消火はあとでいい」

クバードの声に、千騎長バルハイが応《こた》える。

「ですが、武器や糧食を焼かれてしまいますぞ」

「糧食か。明日になったら必要だろうな。だが、今日が終わってからのことだ。消火に割《さ》く人手があったら井戸と厩舎《きゅうしゃ》を守れ」

そういう間にも、夜空から怪物どもが急降下し、パルス兵を鉤爪にかける。物の焼ける匂いと血臭がたちこめ、厩舎につながれた馬たちがむなしくいななきたてる。

後日、ペシャワールの苛烈《かれつ》な攻防戦を生きぬいた千騎長バルハイは、旧知の者につぎのように語ったものである。

「正直なところ、もうお終《しま》いだ、と思った。自分たちは鏖殺《おうさつ》され、ペシャワールは兇猛《きょうもう》な怪物どもの手に落ちる。そう将兵の半数は考えて、絶望していただろう。だが、そうはならなかった。信じられないことだが、救援が来たのだ。六月三十日、太陽の最初の光とともにな」

V

千騎長バルハイは、柄《がら》にもなく悲観的であったかもしれない。客観的にいって、ペシャワールの攻防戦で、妖魔どもが人間たちを圧倒していたわけではなかった。クバード、イスファーン、メルレイン、トゥース、ジャスワントの諸将は、芸香《ヘンルーダ》を塗った剣や槍を使い、

「積年《せきねん》の驍勇《ぎょうゆう》をふるって、草を刈るがごとく妖魔どもを撃ちたおし、彼らの戦衣は敵の

血をあびて赤黒く光沢《こうたく》をおびた」

のである。これは『パルス列王紀《れつおうき》』の記述だが、それほどおおげさな表現でもなかった。一部の街路は妖魔どもの屍《しかばね》に埋まり、血臭がたちこめ、石畳はぬるぬるになっていた。ただ、機先を制されたことはあきらかであったし、諸将にしても身辺の兵を指揮することができただけで、全体の戦況を把握《はあく》するのは不可能だった。せまい範囲で、自分たちだけ孤立し、苦闘し、左右に僚友の死体がつみかさなっていけば、絶望へと心が向かうのは当然である。

しかも、敵の兵力はどうやら増える一方で、夜を徹しての争闘は将兵に激しい疲労をもたらした。誰かが「もうだめだ」と叫んだとたんに、全軍が敗勢になだれこんでも、おかしくはなかったのだ。

東の空に一閃の白刃があらわれた。地平線上に、暁の最初の光がきらめいたのだ。光はそれまで溶けあっていた天と地を押しわけ、拡大していった。そして光のなかに無数の黒点が出現し、空中にむらがる妖魔どもに突入したのだ。

すさまじい悲鳴がわきおこり、茫然とする人間たちの眼前に、つぎつぎと妖魔どもの死体が落下してきたではないか。それらはいずれも矢につらぬかれ、苦悶に身をよじらせていた。

「グラーゼ卿……！」

城壁上に駆け登って、状況を確認したジャスワントが、おどろきの声をあげた。東方、カーヴェリー河の岸に数十の船影《せんえい》がむらがっている。巨大な弩《おおゆみ》から無数の長大な矢が撃ち出され、密集した妖魔たちの胴をつらぬき、翼を引き裂いていくのだ。

空中の妖魔たちは、いまや死の群舞をくりひろげていた。宙をかきむしり、もがき、のたうちながら墜落していく。船上の弩から放たれる矢の列は、芸香《ヘンルーダ》を塗ったものであることが、誰の目にもあきらかだった。そして目をこらせば、槍を甲板上に立てたグラーゼの姿さえ確認できるのだった。

グラーゼのたくましい左肩に、一羽の鷹《シャヒーン》がとまっている。パルスでもっとも有名な鳥だ。というより、鳥の形をした国王《シャーオ》アルスラーンの側近、「告死天使《アズライール》」であった。「告死天使《アズライール》」が翼をひろげ、グラーゼの肩を蹴るように舞いあがって、暁の空に弧《こ》を描く。その姿に驚喜《きょうき》したジャスワントが、城壁上から大声でクバードに報告した。

「なるほど、宮廷画家の悪知恵か」

というのが、クバードの反応である。ジャスワントは城壁上から綱を垂らし、それをつたって城外に降り立った。全力で地上を駆けて、上陸してきたグラーゼと対面する。

「先日、軍師どのから急使があってな」

ふたたび左肩にもどった「急使」を、グラーゼは、目を細めてながめながら告げた。

「可及的《かきゅうてき》すみやかに、シンドゥラ国で芸香《ヘンルーダ》を買い占《し》めよ、というのだ。さらに、その半分は王都エクバターナへ送り、半分はこれまた早急《さっきゅう》にペシャワール城塞へとどけよ、ということだった。おれはすぐさま指示にしたがった。どうせ途中のことゆえ、カーヴェリー河を船でさかのぼってペシャワールに芸香《ヘンルーダ》を運びこもうと考えてな。月光をたよりに船団を進めたのだ」

帆柱の上で前方を哨戒《しょうかい》していた水夫が、ペシャワールの上空を乱舞する奇怪な影を発見した。喚声もつたわってくるし、城内から炎や煙があがるのも見えた。

一瞬にして、グラーゼは事態の急をさとり、決断を下したのだ。各船の甲板に水桶《みずおけ》がならべられ、芸香《ヘンルーダ》が投げこまれる。さらに剣や槍や矢がならべられ、その上に芸香《ヘンルーダ》の匂う水が振りまかれた。船団は接岸し、武器をたずさえた水夫たちが上陸してペシャワール城へと駆けつける。これらのすべてが、暁闇《ぎょうあん》のなかで正確に実行されたのだ。

ナルサスも、そこまでの指示はグラーゼに下していない。もしこの状況でグラーゼが最善の決断を下すことができなかったとしたら、彼の名が十六翼将の一員に列《つら》なることはなかったであろう。

ペシャワールの危急を救ったグラーゼの功績は、それほどに大きなものであった。

矢を突き立てられた鳥面人妖《ガブル・ネリーシャ》や有翼猿鬼《アフラ・ヴィラーダ》の身体が、鈍い音をたてて地上に墜《お》ち、屋根にころがる。

「解放王《サリューシャント》アルスラーン陛下の軍は、水の上にもいる。忘れてもらってはこまるぞ」

たくましい胸をそらして、グラーゼは快笑《かいしょう》した。

ペシャワール城で死戦《しせん》していたジャスワントは、グラーゼに感謝するとともに、かなりばつの悪い思いもすることになった。正直なところ、グラーゼと彼の船団の存在を、すっかり忘れていたのだ。

「戦いは陸の上とばかり思いこんでいたが、敵は空から、味方は海からやって来た」

とは、これまた千騎長バルハイの述懐《じゅっかい》である。

このとき、クバードは、単なる個人戦の勇者にとどまらず、一瞬で勝機《しょうき》をつかむ将帥としての器《うつわ》であることをしめした。身辺にいる兵士たちに、声をそろえて叫ばせたのだ。

「援軍だ、勝ったぞ!」

その声は、べつの場所で闘っていた兵士たちの耳にとどき、彼らもおなじ言葉を叫んだ。

「援軍だ、勝ったぞ!」

叫びは加速し、大きな波となって城内を一周していく。

「援軍だ、勝ったぞ!」

人間たちはよろこび、勇みたつ。妖魔どものうち、人語を解するものは動揺し、また自分たちの眼前で仲間が墜落していくのを見て恐怖した。右往左往《うおうさおう》し、たがいに衝突をはじめる。そのありさまを見あげて笑う者がいた。

「これはこれは、空の上でも総くずれということがあるものですな。何とも心地《ここち》よい観物《みもの》ですて」

グラーゼの腹心《ふくしん》であるルッハームであった。

かつてはいちいち「ギラン出身のルッハーム」と名乗らなくてはならなかった。というのも国王《シャーオ》アルスラーンの麾下《きか》に同名の将軍がおり、対ルシタニア戦役《せんえき》で歩兵隊の総指揮をとっていたからだ。このルッハーム将軍は二年前、まだそれほどの老齢でもなかったのだが心臓を患《わずら》って死去し、以後、ルッハームは「ギラン出身の」という条件をとりはずすことができた。

「何だかようやく一人前になった気がします」

ルッハームがいうと、グラーゼがからかった。

「人が亡くなったのだからな、そう喜ぶものでもないぞ。今後また同名の大物があらわれたら、逆もどりするだけではないのか」

するとルッハームは人の悪い笑いを浮かべて応じた。

「船長、ご心配なく。そいつには『ギラン以外の出身のルッハーム』と名乗らせますから」

これにはグラーゼも苦笑するしかなかった。

グラーゼのおもだった部下たちのなかで、ルッハームは重要事の使者として、あるいは交渉の代理人として働くことが多い。諸外国の言語にも通じているし、機転《きてん》もきく。そしてこのような実戦においては、船団総指揮官たるグラーゼの命令や指示を、各船の船長たちに伝達するのだ。

ジャスワントはペシャワール城へと、とってかえした。無傷の強力な援軍がそれにつづいて城塞へ殺到する。その先頭に、ヨーファネスという男がいた。

このヨーファネスはマルヤム人女性を母親に持つ男で、十二歳のころからグラーゼの弟分になり、そろそろ二十年になる。商売に関してはあまり才能がないが、勇敢で戦機を見るのに長じ、海賊や他国の武装商船と戦うときには、よく役に立つ男だった。グラーゼが国王《シャーオ》アルスラーンの正式な臣下となったとき、もっとも喜んだのが彼だったのだ。

「この分だと、いずれはおれも提督《ていとく》閣下だな。いや、べつになりたいわけじゃないが、たのまれて、むげにことわるのも、おとなげないからなあ」

いまヨーファネスは、とくに強健《きょうけん》な水夫九百人を三十人ずつ三十の小隊に編成し、その先頭に立ってペシャワールの城門へと駆けつけていた。ジャスワントの声で城門が開かれ、喊声《かんせい》とともに援軍が城内へ突入する。

VI

ヨーファネスは戦闘の指揮が巧みなだけでなく、刀術の心得もある。剛勇というほどではないが、尋常《なみ》の兵士なら三人ぐらいまではひとりで渡りあえる。

さえぎる妖魔を突き倒し、逃げる怪物に斬りつけ、俊足を飛ばして街路を突き進んだ。その間、したがう兵士たちに的確な指示を下していたはずなのだが、闘うことに夢中になってしまったようだ。ふと気づくと、血刀を手に、せまい路地でひとりになっていた。

血走った眼つきの鳥面人妖《ガブル・ネリーシャ》が二匹、頭上にせまっている。どうにも不利な状況のようだ。

「よし、わかった、たがいに譲りあおう」

ヨーファネスは呼びかけた。

「おれは水に潜らない。お前は空を飛ばない。たがいに地面に足を着けて闘う。これこそ公正というもので、聖賢王《せいけんおう》ジャムシードも嘉《よみ》したもうだろう。どうだ?」

せっかくの提案だったが、鳥面人妖《ガブル・ネリーシャ》は受けいれなかった。ジャムシード王の名が気にいらなかったのかもしれない。蛇王ザッハークの眷属《けんぞく》にとって、ジャムシード王は仇敵でしかないのだ。

すさまじい叫喚《きようかん》とともに、二匹の鳥面人妖《ガブル・ネリーシャ》は高々と舞いあがり、ヨーファネスの頭上からおそいかかってきた。ヨーファネスは狼狽《ろうばい》し、刀を振りまわしながらどなった。

「おい、やめろ、約束がちがうじゃないか！」

「約束などしておらんわ！」

人語をしゃべることができる鳥面人妖《ガブル・ネリーシャ》は、そうどなり返したようだが、ヨーファネスにはよく聴《き》きわけることができない。刀を右肩にかつぎ、あわてて逃げ出した。

その頸筋《くびすじ》に鳥面人妖《ガブル・ネリーシャ》の鉤爪《かぎづめ》が突き立とうとした、まさに寸前、朝風を裂いて飛来したものが、二匹を同時に地にたたき落としていた。一匹は告死天使《アズライール》の嘴《くちばし》に片眼を突き破られ、一匹はグラーゼの槍に胴を串刺しにされている。

「お遊びもほどほどにしろ、ヨーファネス」

「やあ、船長、おてがらですぜ、将来の提督閣下をお救いになった」

「お調子者め。勝ち戦《いく》さの最終段階で死ぬほど、ばからしいことはないぞ。提督閣下になる前に、墓にはいってもよいのか」

むろんヨーファネスにとっては、よくないことだった。彼は恐縮の一礼をグラーゼにほどこすと、地上でもがきまわっている二匹の鳥面人妖《ガブル・ネリーシャ》の首を刀で打ち落とし、グラーゼおよび告死天使《アズライール》にしたがって、クバードらとの合流をめざした。

この時点ですでに戦闘は掃討《そうとう》の段階にはいっていた。妖魔どもを指揮するイルテリシュは、無表情に、とある建物の屋根に上り、三匹の有翼猿鬼《アフラ・ヴイラーダ》が吊《つ》りさげる籃《かご》に乗りこんで、戦場を離脱しようとしていた。

べつの建物の屋根に上ったメルレインが、逃亡寸前の敵将の姿を見つけた。メルレインは鏃《やじり》に芸香《ヘンルーダ》をこすりつけた。これまで、あえて使用せずにきた秘蔵《ひぞう》の矢だ。ひときわ太く長く重く、ただ一本で獅子《シール》を即死させる。

大きく弓を引き、狙《ねら》いをさだめた。呼吸をととのえ、みずからの鼓動を確認しつつ、メルレインは射放した。

矢は二百ガズ（一ガズは約一メートル）の距離を飛んだ。イルテリシュの耳に、空気の弾《はじ》き裂ける音がとどいたとき、鏃《やじり》はすでに避けようもない距離にあった。

イルテリシュの咽喉《のど》が矢につらぬかれた、と見えた瞬間であった。

イルテリシュは籃のすぐ傍《そば》にいた有翼猿鬼《アフラ・ヴイラーダ》の肩をつかむと、その身体を、おそいかかる矢の軌線上《きせんじょう》に置いたのだ。

何ごとが生《しょう》じたのか、不運な怪物にはわからなかっただろう。矢は有翼猿鬼《アフラ・ヴイラーダ》の眉間《みけん》をつらぬき、頭蓋《ずがい》をくだいた。鏃《やじり》は血と粘液にまみれて後頭部から飛び出し、矢羽は顔面に激突した衝撃で飛び散った。

「何というやつだ。妖魔とはいえ、自分の手下を盾にしおったぞ」

目撃したパルス兵のひとりがうめくと、メルレインは無言で弓の弦をはじいて不快感をしめした。彼にしてみれば、小物一匹をしとめるために、秘蔵の矢を使用したわけではない。

これが妖魔ではなく、トゥラーン人の兵士であったら、イルテリシュも、これほど非情な所業《まね》はしなかったであろう。妖魔どもがイルテリシュにとっては戦友でも同志でもなく、使いすての道具にすぎないという事実が、あらわになったのだ。

イルテリシュは、惨死《ざんし》した有翼猿鬼《アフラ・ヴィラーダ》の身体を、無造作《むぞうさ》に屋根の下へ突き落とした。パルスの将兵を傲然《ごうぜん》と見まわし、ゆがんだ口もとからゆがんだ笑いを吐き出す。籃《かご》がまさに飛び立とうとしたとき、大喝《たいかつ》があびせられた。

「イルテリシュ！」

呼びかける声は力感《りきかん》に満ち、ひびくというより、とどろくようであった。イルテリシュは振り向き、地上に声の主を見出した。満身に返り血をあびた、隻眼の猛将を。

「イルテリシュ！　きさまにはっきりといっておく」

クバードを見すえるイルテリシュの両眼から、血光があふれ出さんばかり。地上から指を突きつけながら、クバードはさらに声をあびせた。

「未来永劫《えいごう》、ペシャワールはきさまのものにはならん。あきらめろ。あきらめて、きさまが這い出てきた場所にもどれ。死に処《どころ》を得ないやつは、みぐるしくもあわれなだけだぞ」

一瞬の間をおいて、イルテリシュの返答があった。それは乾いた、暗い、咆えるような哄笑《こうしょう》だった。力強い顎《あご》を突きあげて笑いながら、イルテリシュは綱を引く。三匹の有翼猿鬼《アフラ・ヴイラーダ》が、高々と朝空に舞いあがり、トゥラーン人の姿は不吉な影となって遠ざかっていった。

これまでイルテリシュは同胞たるトゥラーン人には「親王《ジノン》」と称され、敵手たるパルス人からは「狂戦士」と呼ばれていた。そして凄惨《せいさん》なペシャワール攻防戦の後には、つぎのように称されることになる。

「魔将軍《ガウマータン》イルテリシュ」

まさにこの刻《とき》、空の高処《たかみ》に上ろうとする朝日が、薔薇色《ばらいろ》の閃光を地上へ投げ落とし、魔将軍《ガウマータン》の姿を兇々《まがまが》しい黒影と化せしめた。一夜の乱戦に生きのこった怪物どもが、大小数千の影を空に浮かべ、魔将軍《ガウマータン》の姿をつつんで、北の空へと遠ざかっていく。傷つきながらも生きながらえた人間の兵士たちが、天に向かって拳《こぶし》や剣や槍を突きあげ、「二度と来るな」と心からの叫びで見送った。

ペシャワールは陥落をまぬがれた。敵は退却したのだが、パルス軍には追撃する余力も手段もない。一夜の惨戦《ざんせん》で、死者は八百人に達し、負傷者はその二倍、トゥースの傷も完治に一カ月を要する。妖魔どもの死体は二千を算《かぞ》えたが、人間たちにとってたいして慰めにもならなかった。

老巧《ろうこう》な千騎長モフタセブの死はパルス軍の将兵を歎かせたが、一部の人間をさらに歎かせたのは、まだ少年期の狼の死であった。イスファーンは火星《バハーラム》の冷たい身体をひざの上に抱き、石段にすわりこんでいる。

土星《カイヴァーン》はイスファーンの膝《ひざ》もとから一歩も離れようとしない。非業《ひごう》の死をとげた兄弟の分まで名付親《なづけおや》を護《まも》るのだ、と、決意しているようであった。

イスファーンの手が動いて、土星《カイヴァーン》の頭をなでる。土星《カイヴァーン》はうれしそうに尻尾を振ったが、小さく鳴いて名付親の注意をうながした。

歩み寄るクバードたちの姿を見て、イスファーンは火星《バハーラム》の遺体をそっと石段に置き、立ちあがって一礼した。

「おれの育ての親は異母兄《いぼけい》のシャプールだったが、敵の手にかかって亡くなった。おれも土星《こいつ》も似た境遇だ。こいつだけは老《お》いて死ぬまで、面倒《めんどう》をみてやるつもりです」

イスファーンの言葉に、クバードはうなずいた。

「おぬしも長生きするのだな。天寿《てんじゅ》をまっとうすることが、恩人に報いる道だ」

生前のシャプールと、クバードは、けっしてそりがあう仲ではなかったが、イスファーンにそう告げる声には実《じつ》があった。

ふたたび一礼したイスファーンだが、両眼に灼熱した光が宿《やど》った。

「だが、おれがどのような死にかたをするにせよ、その前に、イルテリシュめをこの手で討ちはたす」

「そのイルテリシュだが……」

口を開いたトゥースの左腕には包帯が巻かれている。イルテリシュと闘ったときの傷である。

「四年前、トゥラーンの全軍を戦場で喪《うしな》ってから、やつはいったい何処《いずこ》でどのように生きのびてきたのか。想像もつかぬ」

トゥースの妻のひとりユーリンが、かがみこんで、やさしく火星《バハーラム》の毛をなでてやっていたが、夫の言葉にすこし蒼《あお》ざめた。彼女の姉たちや諸将も、陽気な表情にはなれなかった。イルテリシュはかつてパルス軍の雄敵《ゆうてき》であったが、いまや忌《い》まわしくおぞましい怨敵《おんてき》であった。

「どのようにしてか、具体的なことは何もわからんが、イルテリシュめは蛇王ザッハークの輩下《はいか》となって、この城をおそった。もっとも重要なのは、その事実だ」

クバードはしゃべりながら自分の考えをまとめているのだった。黙然と諸将は聴《き》きいる。

「妖魔どもを軍勢として組織し、指揮し、統率する。妖魔ども自身に、どうやらそれは不可能らしい。だからこそ、本来は人であったイルテリシュを利用しているのだ。ところがイルテリシュは妖魔どもを兵として慈《いつく》しんではおらん。そこに隙が生《げき》じ、我らがつけこむ余地がある」

「復活した蛇王が自分で指揮してくれればどうなります？」

ジャスワントが質問すると、メルレインが首を横に振った。

「蛇王はまだ復活していない」

「どうしてそう断言できる？」

ジャスワントがかさねて問うと、メルレインは微笑の欠片《かけら》も浮かべずに答えた。

「蛇王が復活したとしたら、このていどではすまん。天地が鳴動《めいどう》し、太陽は隠れ、嵐が千日もつづく」

そうだ、そのとおり。異口同音《いくどうおん》に、イスファーンとトゥースが同意する。

「なるほど、そういうものか」

シンドゥラ出身のジャスワントには、もともと蛇王ザッハークに対する畏怖《いふ》の念がとぼしい。その点では、トゥラーン出身のジムサも同様である。ただ、デマヴァント山の地下迷宮からペシャワール攻防戦にかけて、妖魔どもの戦力を軽視すべきではないということが、ジャスワントには肌でわかった。

「やっかいなことになったものだ」

クバード卿は正しかった、総がかりであのイルテリシュを殺しておくべきだったのだ。そうなれば妖魔どもは、イルテリシュに代わるあらたな将帥を探し出さねばならず、人間界に対する彼らの攻勢は、後退を余儀なくされる。人間たちは時間をかせぐことができる。いずれは蛇王ザッハークの軍勢と決戦せねばならぬとしても、より準備をととのえることができたはずであった。

「それにしたって、戦いの質がちがいすぎる」

これが人のつくった国どうしの戦いであれば、双方が死に絶えるまで永遠に争う、ということはない。講和もするし条約も結ぶ。領土を譲ることもあれば、賠償を支払うこともある。たとえ政略であっても、たがいの王族どうしが結婚し、ふたつの王室の血がつながり、あらたな王朝が生まれることすらある。

四年前、当時の国王《カガーン》トクトミシュの横死《おうし》とイルテリシュの大敗によって、トゥラーン国は事実上、滅亡したが、トゥラーンの民が死に絶えたわけではない。何十年、あるいは何百年かを閲《けみ》すれば、国としてよみがえることもあろう。だが蛇王との戦いではどうなるか。ジャスワントは疑問を口にせずにいられなかった。

「この戦い、勝つために全力をつくすのは当然ですが、いったいいつ、どのような形で終わるのでしょう」

クバードはあっさり答えた。

「そんなことは、王都にいる宮廷画家に考えさせればいい」

かるく両手をひろげて、クバードはつづけた。

「何のため、国王《シャーオ》はあの男に地位と封禄《ほうろく》をあたえておられる？　パルスの芸術界に害毒を流さぬよう、王宮に封じこめておくだけではないぞ。ま、九割がたはそうだとしても、のこる一割は、あいつの悪知恵を活用なさらんがためだ。あいつが悪知恵をしぼる、おれたちはそれを実行する」

「人それぞれの役目というわけだ」

やはり笑いもせずにトゥースが補足《ほそく》すると、彼の妻たちが口をおさえて笑った。

「当面は、攻撃してきたものを追いはらった。すぐ再攻撃してくるほど、魔軍《やつら》の傷も浅くはあるまい。その間に、我らは、自分たちにできることをやっておこう」

グラーゼがいい、それが諸将の結論となって、まず千騎長モフタセブ以下、味方の戦死者の遺体を弔《とむら》うことから、あわただしい戦後処理がはじまった。破壊されたり焼失したりした建物の修復、負傷者の治療など、生きのこった者のやるべきことは山積《さんせき》していた。デマヴァント山の地下迷宮から生還しながら、この一夜で斃《たお》れた兵士が百名をこし、戦友たちをひときわ歎かせた。

妖魔どもの死体は、砂漠に掘られた巨大な穴に放りこまれ、塩と油をまかれてから火を放たれた。

風向きを充分に計算した上で、火は放たれたのだが、それでも悪臭がペシャワールの城内にとどいて、将兵を辟易《へきえき》させた。また、風に乗って、まだ完全には死んでいなかった妖魔の苦悶と呪詛《じゅそ》のうめきが聞こえてくる、ともいわれたが、これは死闘に疲れはてた兵士たちの噂《うわさ》にすぎなかったようである。

妖魔どもを焼く煙は、十日にわたって消えることがなかった。その不吉な煙の下を、パルスの諸将は西へと向かう。

トゥースと三人の妻は、グラーゼの船団に便乗して海路を赴《ゆ》くことになった。トゥースも三人の妻も、川を渡る小舟をのぞいては、まだ船に乗ったことがない。妻たちは、海を見るのさえ、生まれてはじめてである。

「トゥースさまとグラーゼ卿のおかげで、めずらしい体験ができて嬉《うれ》しゅうございます」

パトナにいわれて、トゥースは苦笑した。

「礼はグラーゼ卿にだけでよいさ」

内心、トゥースは、噂に聞く「船酔い」という目に見えぬ怪物を恐れているのだが、夫の面目《めんぼく》にかけて、そのことは口にしなかった。

イスファーンとジャスワントは五百騎をひきいて陸路をとる。部隊の先頭を駆けるのは土星《カイヴァーン》だ。疲れれば馬の背に乗せてもらうことになるだろうが、いまは亡き兄弟の分まではりきっている。この一隊は往《ゆ》く先々で、先行した急使の報告を受けて緊張した人々に迎えられることだろう。

クバードと、彼を補佐するメルレインが城塞に残留した。だが、彼ら両名も、機を見て王都エクバターナへと赴くことになる。「解放王アルスラーンの十六翼将」が一堂に会する日は遠くない。

Ⅶ

地上と異《こと》なる風景が、地下にはひろがっている。一片の陽光も射《さ》さぬ世界は、青白い燐《りん》光《こう》によって照らしだされ、一個の物体から影は四方に薄く伸びて、実体すら定《さだ》かに認めることができない。林立《りんりつ》する鍾乳石《しょうにゅうせき》の間に、やや広い空間があり、甲冑をまとった男が、平たい大石に腰をおろしていた。

「蛇王ザッハークさま……」

そうつぶやいた男は、自分の声におどろいたかのように四方を見まわした。額《ひたい》をおさえ、首を振る。

「蛇王ザッハーク……はて、ザッハークとは誰のことだ。トゥラーン歴代《れきだい》の王に、そのような名の者はおらぬ……」

甲冑には乾いた人血がこびりついている。指先でそれを削《そ》ぎ落としながら、男は、自分の居場所を見失ったようにすわりこんでいた。

「イルテリシュ！」

呼びすてにされた男は、誇りを傷つけられた表情をつくった。

「イルテリシュ！」

男はゆっくりと立ちあがった。両眼の光が急速に力を増していくように見える。発した声も、死者から生者へと変わったかのようであった。

「トゥラーンの王族たるおれを呼びすてにする無礼者はどやつだ？」

「王族……ほう」

あざける声とともに、地下の空気が揺れた。青白い霧のなかに、ひとすじ黒い煙が立ちのぼる。その煙は右へ伸び、左にひろがり、ほどなく人の形をとった。煙は密度を増し、やがて出現したのは、暗灰色《あんかいしょく》の衣をまとった陰々《いんいん》たる魔道士の姿である。

「あわれや、敗者にして簒奪者《さんだつしゃ》たるイルテリシュよ。生前の誇りを棄《す》てることができず、この期《ご》におよんでなお、トゥラーンの王族などと自称しおるか」

魔道士としてガズダハムの名を持つ人物である。色といい質感といい、粘土《ねんど》でつくられたような顔には右眼がなく、黒々とした穴が穿《うが》たれていた。過ぐる日、パルス王宮につかえるトゥラーン人ジムサによって、彼は右眼を喪《うしな》ったのである。

ガズダハムが石の地面を踏んで一歩すすもうとした瞬間、イルテリシュの左腕がひらめいた。回避する間もなく、魔道士は力強い手に咽喉《のど》をつかまれ、苦鳴《くめい》を洩《も》らす。

イルテリシュが不吉な笑声をたてた。

「腐ったくせによく回転するその舌を、斬り落としてくれようか」

「ま、待て……！」

「心配するな。斬り落としてもすぐまた生《は》えてくるさ、きさまは人外《じんがい》の存在だからな。だが、ふふん、喪った右眼はまだ生えてこないと見える」

魔道士ガズダハムの顔がゆがんだ。憤怒と屈辱、さらには激痛の記憶。それらが魔道士をつかんだが、それだけにとどまらない。完全に掌中《しょうちゅう》にしたと思いこんでいたイルテリシュが、まさか彼にさからうとは。過日《かじつ》、ジムサという旧知《きゅうち》に対しては、「トゥラーンなどどうでもよいわ」と放言していたほどなのに。

「とすれば、いまここできさまの左眼を潰《つぶ》しても、生えてはこんだろうな。それとも両眼そろって生えてくるか。試《ため》してみたくなったぞ」

イルテリシュの右手の親指が、魔道士ガズダハムの左眼に押しあてられる。魔道士は恐怖の汗とともに、悲鳴まじりの声を飛散させた。

「はやまるな、イルテリシュ！　お、お前の妻となってお前の子を産《う》む女のことを知りたくないか。おれはそのことを知らせるため、やって来たのだぞ！」

「おれの妻となる女だと？」

イルテリシュの指が動きをとめた。

「見たいか、見たいなら……」

駆け引きは魔道士の習《なら》い、条件を出そうとしたガズダハムは、ふたたび唯一の眼球を圧迫され、敗北のうめき声をあげた。

「わ、わかった、おちつけ、いま見せる。いま見せてやるから、すこし力をゆるめてくれ。

でないと術が使えぬ」

イルテリシュは魔道士の咽喉《のど》から手を離し、二歩しりぞいた。それは友好の証《あかし》ではない。いざとなれば抜き打ちの一撃で、ガズダハムを両断《りょうだん》するため、間合《まあい》をとったのである。

その意図《いと》は、むろんガズダハムにも読みとれた。彼はイルテリシュを膺懲《ようちょう》することができず、ペシャワール攻略に失敗した罪をとがめることもできず、生命の危機にさらされながら、術を使って、イルテリシュの眼前にひとりの女性《にょしょう》の姿を浮かびあがらせることしかできなかった。

「おれの希《のぞ》みはただひとつ、トゥラーンの再興」

剣の柄に手をかけたまま、イルテリシュが低く告げる。

「トゥラーンを再興し、鉄騎隊をひきいて、大陸公路を地の涯《はて》まで疾駆する。東は絹の国《セリカ》から西はパルスまで、陽《ひ》の昇る海から陽の沈む海まで、人の在《あ》る陸地のすべてに、トゥラーンの旗をひるがえすのだ」

野心の炎に灼《や》かれる者の声であった。魔道士ガズダハムはイルテリシュのようすをうかがった。トゥラーン人の剛剣《ごうけん》が描き出す殺戮の環《わ》から逃《のが》れなくてはならない。

「そのためには魔物とも手を結ぶ。蛇王《ザッハーク》だろうと竜王《ナーガ》だろうと、かまうものか。トゥラーンを再興するため、その力とやらを利用してくれるだけのことよ！」

一瞬の隙に、魔道士は跳《と》びすさった。

「ふ、不逞《ふてい》なやつめ、ザッハークさまを利用するだと。この身のほど知らず。愚昧《ぐまい》の徒め！　いずれかならず、口にするのもおそろしい罰が下されるぞ！」

魔道士が何とわめこうと、トゥラーン人にはおそれいる色はない。

「先ほどの発言を訂正しよう。パルスはきさまらの蛇王とやらにくれてやる。だが、それ以外は、すべておれのものだ」

イルテリシュが一歩すすむと、ゆがみ引きつった顔で魔道士が一歩しりぞく。

「おれがほしいのは、強い子を産《う》む強い女だ。ただ美しいだけの繊弱《せんじやく》な女など、何処《いずこ》の国の姫君だろうと、玩具《おもちゃ》にしかならぬ。強い女こそ、おれの子の母親としてふさわしい。先ほどきさまがおれに見せた女、強そうではあるが、名は何というのだ？」

「レイラ……」

いまや気をのまれて、魔道士ガズダハムは虚言《きよげん》を口にすることすらできない。

「レイラか。おぼえやすい名だ。気にいった。いつ、その女に逢《あ》わせる？」

たがいに一片《いっぺん》の敬意も友愛の念も持たないふたりの男は、ただパルス王国への憎悪によってのみ結びつき、地上にかつてない災厄をもたらそうとしていた。

第二章　黄色い下弦《かげん》の月

I

机の上で図面を描けば
机の下に毒蛇がひそむ

——ミスル国のことわざ——


パルス暦三二五年七月、ヒルメスはミスル国に在《あ》って「客将軍《アミーン》クシャーフル」と称し、南方へ出立する準備にはいった。南方軍都督《キャランタル》を拝命《はいめい》し、ナバタイとの国境に位置するアカシャの城市《まち》へおもむくのである。

商人が急に思い立って旅に出るようなものではないから、実際に王都アクミームを出立するのは八月半ば以降になるであろう。それまで、ヒルメスにとっては、多忙な日がつづきそうであった。

都督《キャランタル》の交替にともない、南方軍の兵士も四割ほどが入れかわる。六千名の兵が王都アクミームから南方国境へと赴任し、同数の兵が王都へと帰って来る。そのときには、前任の南方軍都督《キヤランタル》カラベクも、十四年ぶりに王都の門をくぐるはずである。

ヒルメスの隷下《れいか》にあるパルス人部隊は三千名。これを六百名ずつ五個の大隊にわけ、それぞれの大隊を百五十名ずつ四個の中隊にわけている。五名の大隊長は、名を、ザイード、ラッザーク、フラマンタス、セビュック、アドリスといった。ヒルメスにとって、理想的とはいわぬまでも、

「現時点ではまずこれ以上は望めぬ」

という人選であった。ナバタイを相手とした和戦《わせん》両面で経験をつませ、才能を見きわめるつもりである。

さらに三千名のミスル人の兵士がヒルメスの指揮下にはいる。

「ミスル人どもは、徹底的に鍛《きた》えあげるよりも、むしろ、きちんと後方を守って、大過なく務《つと》めさせるぐらいのほうがいい。精鋭を補充するなら、ナバタイ人の部隊をつくり、指揮官たる人材もそこから選び出すほうが、おもしろそうだ」

そこまでヒルメスは考えている。

「問題は、むしろ、おれの副将をつとめるべき人物だが、さて、どうしたものかな」

ヒルメスの存在が絶対的であるだけに、彼が不在のとき、代理をつとめる者などいない。

トゥラーン人のブルハーンが側近であることは誰もが承知しているが、二十歳そこそこの若者が、自分より年長の士官たちに指示を出すのは、何かとはばかられることであった。トゥラーン人部隊のなかでも、バラクやアトゥカはブルハーンより年長で戦歴も古い。ましてパルス人部隊ということになれば、

「我らのほうがはるかに人数が多いのに、なぜトゥラーン人の下風《かふう》に立たねばならないのか。我らは客将軍《アミーン》クシャーフル卿の麾下《きか》であって、トゥラーン人の僕《しもべ》ではないぞ」

という思いを抱《いだ》く者が、かならずいる。もともとパルス人はトゥラーン人を文化的に下に見ているから、このような感情を根絶《こんぜつ》するのはむずかしい。

そのうち忠義面《ちゅうぎづら》していい出すやつもあらわれるだろう。

「我々の望みはパルス旧王家の再興だ。クシャーフル卿個人の野心をかなえる道具ではない」

と。まったくパルス人は、あつかいにくいやつらではある。

そのときには、ヒルメスは自分の正体をあかすことになるだろう。ヒルメスこそ、英雄王カイ・ホスローにはじまるパルス旧王家の正嫡《せいちゃく》であり、全パルス人の忠誠に値《あたい》する存在なのだ、と。

そうなれば反抗の意思など、陽光をあびた霜のごとく消えてしまうにちがいない。

「すべては時機だな。たぶんまだ早い」

ヒルメスは正体を明かさずして、ミスル国における今日《こんにち》の地位を得た。つまり実力によってである。そのことに、ヒルメスは、強い自負《じふ》を抱いていた。血統は誇りだが、それを売り物にするほど、おれは無能ではない。万人にそういってやりたい。ヒルメス自身、あつかいにくいパルス人であるのだった。

では、素朴な騎馬遊牧民であるトゥラーン人はあつかいやすいかというと、そうでもない。ある日、ブルハーンが年長者のバラクやアトゥカと会話するうち口論まがいになった。

「おぬしら、ヒルメス殿下のなさることに不満があるのか」

興奮したブルハーンが声をとがらせると、バラクが首を横に振った。

「そうではない。第一、ヒルメス殿下から離れて、我らに生きる方途《みち》はない。忠実に、あのお方にしたがってこそ、我らも遠い異国で、人がましい生活が送れる」

「そうとわかっているなら、ただヒルメス殿下を信じてついていけばよいではないか」

「ヒルメス殿下のおんためを思って申しておるのよ。我らはけっして殿下に背《そむ》かぬ。だが、すべての人間がそうではないからな」

バラクも草原の戦士であって、とくに謀画《ぼうかく》の才があるわけではない。だが、ヒルメスの傍《そば》に謀臣《ぼうしん》が欠けていることはわかっており、危惧《きぐ》とはいえぬまでも懸念をおぼえてはいるのだった。

考えこむブルハーンに、今度はアトゥカが声をかけた。

「だからよ、ブルハーン、ヒルメス殿下の御身に不慮《ふりょ》のことがないよう、おぬしには充分、周囲に眼をくばってもらわねばならんて」

「もちろんそのつもりだが、おれにできるだろうか」

年長者の前で、ついブルハーンは弱気が出た。アトゥカが苦笑した。

「やるしかなかろう、ブルハーンよ。たぶんヒルメス殿下も期待しておられる。いよいよナバタイとやらに出立することだしな」

「ナバタイという国は、広々とした草原だと聞いた。こんな砂漠と赤土の国より、よっぽどよさそうじゃないか」

バラクが、もともと細い眼をさらに細める。骨の髄《ずい》までトゥラーンの戦士であるバラクには、農業と商工業で栄えるミスル国の風土は肌にあわず、音をたてて風の吹きぬける草原がひたすらなつかしい。その意味では、トゥラーン人たちは南方国境への移動を、むしろ喜んでいた。

ヒルメスは手をつくして、南方軍やナバタイについての事情を調査した。あたらしい地位からすれば、当然のことではある。

「いまの南方軍都督《キャランタル》カラベクは、引退を待つだけの老人だが、息子たちは壮年だろう。長男はどのような男だ」

そう問いかけた相手は、パルス出身の商人ラヴァンである。見聞《けんぶん》が広く、その観察はきわめて正確だ、と、ヒルメスは思っている。

「年齢は四十歳をこえます。武将としても行政官としても、そこそこ実績はあり、知事やら総督やらの職務を無難につとめてまいりました」

「無能ではないのだな」

「ただ、ミスル国の王政が安定していればこそのお人で、風雲や危機に乗《じよう》じてどうこうできるとは思えませぬ」

ヒルメスの重要な情報源は王宮内にもある。宮廷書記官長のグーリイである。

「アカシャまで、ディジレ河を千ファルサング（一ファルサングは約五キロ）さかのぼる由《よし》ですが、何日ほどかかりましょう」

そう問われて、グーリイは笑った。

「パルス風にいって千ファルサングというのは、ディジレ河の全長です。まだ水源のくわしい探査がおこなわれておりませんので、それも推測ですが。王都アクミームからアカシャまでは、ざっと二百ファルサング、舟でさかのぼること二十五日から三十日というところでしょう」

「アカシャからアクミームへ北上するのは、もっと短い日数ですみましょう？」

「下りになりますからな。うまくいけば十五日で到着できましょうよ」

「十日では無理ですか」

という質問を、ヒルメスは口に出さない。あくまでも当然の質問を、公然とするだけである。ヒルメスに対するグーリイの厚意は貴重なものであるから、警戒や反発をまねくようなことは、極力、避けねばならなかった。

ヒルメスが南方軍都督《キャランタル》の要職に就《つ》いたことで、もっとも心の平穏を乱されていたのは、ミスル軍の重鎮《じゅうちん》たるマシニッサ将軍であった。彼はヒルメスの叙任《じょにん》をさまたげようとして、巧妙な反撃を受け、沈黙させられてしまったので、不快感はさらに大きかった。

さまざまに思惑《おもわく》をめぐらせた末、マシニッサが思いついたのは、ヒルメスの勢力を弱体化させるため、パルス人部隊を切り離すことであった。

「パルス人やトゥラーン人の部隊が、客将軍《アミーン》クシャーフルの私兵と化しては、国の安泰が乱れます。とくにパルス人部隊は三千名の大兵力。これを別の将にあずけるべきかと存じたてまつります」

そうホサイン三世に進言したが、

「クシャーフル以外に、パルス人部隊をまとめられる者はおらぬ。せっかく精鋭に育てあげたのだ。王都に置いておくばかりでは、飼っておく甲斐《かい》がないではないか」

一蹴《いっしゅう》されてしまった。

「気にいらん」

マシニッサはうなった。その声は、周囲の下級士官たちの耳にはいったが、反応をしめす者はいない。ミスル王国随一の武将と称されるマシニッサが、嫉妬心と猜疑心《さいぎしん》のかたまりであることを、部下たちは誰もが知っていた。マシニッサは彼自身をのぞくすべての人物が気にいらないのであり、他人の名声や栄誉ほど不愉快なものはないのだ。

ご機嫌をとるつもりで、

「将軍、何がお気に召さないので？」

と問う者があれば、マシニッサは指さして放言するだろう。

「きさまのその面《つら》だ」

かくして、ご機嫌をとるはずが、不興《ふきょう》を買って、殴《なぐ》られたり左遷《させん》されたりするはめになる。そのような実例がいくらでもあるので、部下たちは耳を持たないふりをして、仲間どうしの相談事や、兵士たちのおこした不祥事の処理などを話しあうのだった。

ある意味では、マシニッサは、いたって公平な男であった。誰に対しても意地が悪く、誰に対しても吝嗇《けち》で、誰の功績も認めなかったのである。

客将軍《アミーン》クシャーフルの南方軍都督《キャランタル》叙任を阻止《そし》できなかったのは、いまいましいかぎりだが、足をひっぱる手段はいくらでもある。そう幾度もつぶやいて、マシニッサはようやく自分を納得させた。とにかく目ざわりなあのパルス人に、近いうちかならず苦汁《くじゅう》をなめさせてやるのだ。

ただ、彼は、ひとりの男のことを忘れていた。より正確にいえば、憶《おぼ》えてはいたが単にそれだけで、眼中になく、無視していたのだ。

その男が、マシニッサと、彼が知るかぎりの世界を、半日にして激変させることになる。

II

アクミームの王宮の奥深く、隔離されたような一室に、男がひとり座している。人前では黄金の仮面をかぶるよう強制されているが、従者すら不在の現在《いま》は、仮面をぬぎ、よどんだ空気に素顔をさらしていた。

右半面は赤黒く焼けただれ、人の顔とも思えないほどだが、左半面は端整で貴公子の風格すらある。ただ、瞳には青白い陰火《いんか》が燃えあがり、傷つけられた誇りと、はらせぬ怨《うら》みとに、どす黒い脂《あぶら》をしたたらせているのだった。

「パルスの王族ヒルメス卿」とか「黄金仮面の男」とか呼ばれるが、彼の本名を知る者もいない。顔も名も隠して、いつわりの人生を送ることを余儀《よぎ》なくされた男である。いつわりでないのは、憎悪と報復の念だけであった。

「ナルサス……」

男が口にしたのは、人の名である。

「ホサイン三世……」

男の手に、白い棒のような物体がある。太さは人の手の指ほど、長さは手の指の二倍ほど、先端は鋭く尖《とが》っている。獣の骨だ。十日ほど前に、食事に出された骨つき羊肉から、男が袖の裡《うち》へすべりこませた。誰にも気づかれず、研《と》いで尖《とが》らせた。刃物を持つことをいっさい許されないこの男にとって、唯一の武器である。

いまやこのささやかな武器の尖端は、人の眼をつぶすことも、咽喉《のど》をつらぬくこともできそうに見えた。狂おしい眼つきでそれをながめながら、黄金仮面をぬいだ男は夢想する。この不吉な、獣の身体の一部分を、憎い仇敵に突き立ててやるのだ、と。

「ナルサス、ホサイン三世、きさまらは絶対に赦《ゆる》さぬ。生まれてきたことを後悔させてやる……そのために、おれはいま苦痛と屈辱に耐えて生きつづけているのだ」

男が憎悪をたぎらせる相手のひとりは、王都アクミームからはるか東方にいる。もうひとりはすぐ近くにいた。距離は三百ガズほどだが、間には厚い壁が十枚以上あって、憎む者と憎まれる者とをへだてている。このへだたりを縮めることができるのは、憎まれる者だけだ。憎む者に行動の自由はいっさいなく、憎まれる者が近づくのを待つしかない。

憎まれる者、ミスル国王ホサイン三世。

ホサイン三世はとくに暴虐な王ではなかったが、自分で必要だと思ったときには、けっこう非情なこともやってのけた。主人に反抗する奴隷は殺すのが当然だと考えていたし、そもそも何が必要かを決めるのは彼ひとりであった。それが適正であるかどうかを判断するのも。

パルスの旧王族ヒルメスと自称する人物の顔を焼いて黄金仮面をかぶせたのも、政略として必要だと思ったからである。ホサイン三世としては、べつに残虐趣味からやったつもりはない。ただ、現在のところ、顔を焼いた効果はどこにもなく、今後いつ役立つか予測もできなかった。

その日、七月二十五日。

ホサイン三世は朝から政務を執《と》っていたが、南方軍都督《キャランタル》の人事をさだめてからは、とくに重要な決裁《けっさい》も求められず、税金や土地や相続などの小さな問題ばかりで、退屈なことこの上なかった。

この日でなくとも、いつかは気まぐれを起こしたにちがいない。葦《あし》からつくった紙の書類を放り出して、大きくあくびをする。

「ひさしぶりに黄金仮面にあってみるか」

この気まぐれが、これまで大過《たいか》なく国を統治してきたホサイン三世の命運に、血泥《けつでい》を塗りたくることになったのだ。

宮廷書記官長グーリイは、国王の気まぐれに内心で溜息《ためいき》をついたが、制止はしなかった。朝から後宮《ハレム》に入りびたるよりましだ、と思ったのだ。

ホサイン三世が部屋にはいってきたとき、黄金仮面の男は表情をかがやかせた。とはいっても、仮面をかぶっていたから、その表情を見た者は誰もいない。このときだけは仮面の存在を、男は感謝した。

ミスル国王がともなう衛兵は五人。前回は十人だった。そんなささやかな事実は、ホサイン三世は忘れている。だが、黄金仮面は忘れない。いまやまったくホサイン三世は油断し、黄金仮面を軽視している。衛兵たちも同様であった。だから、ホサイン三世に向かって黄金仮面がひざまずき、うやうやしく礼をほどこし、それに対してホサイン三世が手を伸ばしたつぎの瞬間、何ごとが生じたか、理解できなかった。

「な、な、何をするか」

うめいたときには、ホサイン三世は手をつかまれて床に引きずり倒されていた。鋭く尖《とが》った骨が、ホサイン三世の右の耳の穴にあてられている。突きこめば、まず鼓膜《こまく》が破られる。

「動くな、一歩でも動いたら、国王の耳を突き破るぞ！」

高々と宣告されて、衛兵たちは凍結する。黄金仮面はホサイン三世をあおむけにすると、肥《ふと》った身体に馬乗りになった。

「さあ、兵士どもに命じて、おれに剣をよこせ」

国王の権威も、刑罰による威嚇《いかく》も、この場ではまったく無力だった。ホサイン三世は口《こう》角《かく》から、泡と、悲鳴まじりの命令をもらした。

「こ、この者のいうとおりにせよ」

「で、ですが陛下……」

「早うせい！　予の耳をつぶさせるつもりか！」

ホサイン三世はあえぎ、衛兵たちは国王の命令にしたがうしかなかった。

黄金仮面に剣を渡せば、事態はさらに悪化する。そのことは衛兵たちにはわかりきっていた。だが、剣を渡さず、黄金仮面が尖《とが》った骨でホサイン三世の耳を突き破ったとしたら、その直後に黄金仮面を斬り殺したとしても、功績など認めてもらえない。片耳をうしなったミスル国王は、怒りくるい、その場にいあわせた衛兵全員に死刑を宣告するだろう。

衛兵たちに選択の余地などなかった。一本の剣が、黄金仮面に柄《つか》を向けて差し出される。

黄金仮面は左手で骨の尖端をホサイン三世の耳に押しあてながら、右手で剣を受けとった。国王の身体に馬乗りになったまま、黄金仮面は顎《あご》をしゃくって、衛兵たちに、後退するよう命じた。

「武器は床の上に置いて、扉の前までさがれ」

衛兵たちが命令にしたがうのを確認すると、黄金仮面はホサイン三世を見おろした。

「待っていた。この日を待っていたぞ」

一語一語が、地獄の噴火口からあふれ出す熔岩《ようがん》のようだ。ホサイン三世は左半面を床に押しあて、右眼だけで恐怖をこめて黄金仮面を見あげた。骨の尖端は右の耳に押しあてられたままで、いつ猛然と突きこまれ、鼓膜どころか頭蓋を突き破るか知れない。

「おれが顔を焼かれて喜んでいるとでも思ったか。きさまに恩を感じ、忠誠を誓うとでも思ったか。このミスルの豚《ぶた》め！　いまこそ報いをくれてやるぞ」

黄金仮面の右足が動いた。あおむけになったホサイン三世の左手首を踏みつける。左手を動かせなくなったことが、ミスル国王の恐怖をそそった。

「な、何をする気だ」

他人に苦痛をあたえることはできても、自分が苦痛を耐え忍ぶことはできない。ホサイン三世は剛毅とはいえない人物であることをしめした。左手の小指に硬く鋭い刃を感じて、ミスル国王は顔と声を限界まで引きつらせた。

「ま、待て、早まるな！」

黄金仮面が満身《まんしん》であざける。

「ばかめ、待てだと。いままで何カ月待ったと思っている。この豚め、豚らしく喚《わめ》くがよいわ！」

絶叫が天井と壁を震わせた。床に赤い液体が飛散し、国王の自由な両足が宙を蹴る。

「ゆ、指が、予の指があ……！」

「騒ぐな。あと九本もあるではないか」

調子のはずれた笑声をあげて、黄金仮面の男は、右手に血ぬれた剣を振りあげた。左手はというと、三本の指で尖った骨をにぎりしめたまま、親指と人差指だけでホサイン三世の指をつまみあげる。色めきたつ衛兵たちに向かって、国王の指を放り投げた。

「そら、国王を返してやる。一部だけだがな」

血まみれの芋虫《いもむし》が床にころがったように見えた。息をのむ衛兵たちに、正気の者とは思えぬ哄笑《こうしょう》をあびせる。

「それを持って出ていけ。要求はあとでする。ぐずぐずしていると、国王の九本の指が八本になるぞ！」

衛兵たちは国王の指をひろいあげ、敗北感に打ちのめされながら部屋を出た。

報告を受けて、ミスル国の王宮は落雷さながらの衝撃にみまわれた。宮廷書記官長グーリイは書類を床に散乱させて叫んだ。

「黄金仮面が国王陛下に危害を加えたと!? しかし、やつに手勢《てぜい》などおりはすまいが」

「だからこそ、誰もが油断しておりましたもので」

黄金仮面の男が、たったひとりでこれほどの大事を引きおこすなど、誰も想像だにしなかったのだ。その存在すら忘れていた者が半数以上だった。客人という名の虜囚《りょしゅう》であり、厄介者《やっかいもの》だったのだ。うやうやしく盆に載《の》せられた血まみれの指は、不気味としかいいようのない迫力で、高官たちを怯《おび》えさせた。

「だ、だが、いったいどこから刃物など……」

「聞きおよびますところ、彼奴《きゃつ》めはどうやら羊の骨を尖《とが》らせて刃物がわりにしているようで」

「骨つきの肉を食事に出したことがあるのか」

「これまでに何度もあるとのことで」

「愚《おろ》かな！　料理人の責任ではないか。謝罪してすむことではないぞ」

声を荒らげてみても、いまごろ料理人の不注意を責めたところで何の益もないことはわかる。高官たちの焦慮と狼狽《ろうばい》は募《つの》るばかりであった。

「いったいどうしたらよかろう」

「何とかせねばなりません」

「何とかとはどういうことだ」

「とにかく国王陛下のご無事が第一ですな」

高官たちの不毛な会話が、ヒルメスを失笑《しっしょう》させた。彼はグーリイにあうため王宮に来て、この惨劇ないし珍事に遭遇したのである。

III

主君を人質にされた軍隊は、甲冑《かっちゅう》を着こんだ人形の群れにすぎない。

そのことを、ヒルメスは知っていた。知りたくもないことだが、知らされていた。かつてルシタニアの王弟《おうてい》ギスカール公が、パルス国王《シャーオ》アンドラゴラス三世によって人質とされたとき、ルシタニア全軍が困惑と昏迷《こんめい》のきわみに突き落とされたのだ。

右往左往するミスル国の高官たちを、ひややかに眺めながら、ヒルメスは思案《しあん》をめぐらせた。

「ホサイン三世を救出して、恩を売るか。いや、それとも……」

壁ぎわにたたずんで腕を組む。

「いっそホサイン三世を黄金仮面に殺させてしまうか。然《しか》る後、黄金仮面をおれの手で斬りすてて、ホサイン三世の仇を討ち、誰ぞ適当な王族を立てて新国王と為《な》し、宰相として実権をにぎる、という策《て》もあるが……」

彼の視線の先で、高官たちがいつまでもさえずりあっている。

「だが、適当な王族とやらを、あいにくとおれは誰も知らん。グーリイなら知っていようが、うかうかとおれの話に乗って来るか？　それにしても、まさか、こんな騒動がおきるとはな」

基本的に、ヒルメスは苦々《にがにが》しい気分であった。一段また一段と、階梯《かいてい》を踏んでミスル国を強奪するつもりであったのに、いきなり重大事件の渦中に投《とう》じられてしまったのだ。現在のミスル国の混沌とした状況は、ヒルメスの主導によるものではない。陰謀を愉《たの》しむ間もなく、武勇を発揮する機会もなく、大きな決断を他者からせまられてしまった。

「黄金仮面め、いまいましいやつ」

舌打ちがこぼれる。殺しておけばよかった、とも思うが、いくら何でも、これまでに殺す機会も理由もなかった。それどころか、アカシャに赴任する準備にかまけて、ほとんど忘れていたくらいだ。忘れられた者の暴発によって痛撃《つうげき》をくらった点においては、ヒルメスは、ホサイン三世を笑う資格がなさそうであった。

誰もとがめる者がいなかったので、ヒルメスは大股に廊下を歩んで、自分の控えの間にもどった。十人のトゥラーン人が待機している。そのなかに、ブルハーン、バラク、アトゥカも顔をそろえていたが、手短かにヒルメスが事情を語ると、さすがに息をのんだ。

「彼奴《きやつ》め、だいそれたことをしでかしたのは確かでござるが、いかにして王宮から脱出するのか、方算《ほうさん》があるのでござろうか」

アトゥカが首をかしげると、バラクが、ヒルメスに向かって頭《かぶり》を振ってみせた。

「彼奴、生きて出る気はございますまい」

「なぜそう思うのだ？」

「生きたまま捕《とら》えられれば、それこそ言語に絶する拷問の末、八つ裂きにされましょう。短慮《たんりょ》とはいえ、王宮で死ぬ覚悟ぐらいはできておりましょうから、厄介《やっかい》でござる」

ヒルメスはうなずいた。

「逆にいえば、国王こそ、黄金仮面《やつ》の生命を守る盾ということだ。うかつには殺すまい。もっとも、指一本を斬り落とされただけで死ぬ者もいるだろうが、国王は、さて、どれくらい保《も》つかな」

ホサイン三世は一国の統治者として、これまで多くの者を処刑したり拷問にかけたりしてきたはずだ。さて、本人はどのていど苦痛に耐えることができるのか。あっさりミスル国王が死んでしまい、下手人《げしゅにん》たる黄金仮面がマシニッサに討たれでもしたら、ヒルメスにとって何の益もない。決断と行動をいそぐ必要があった。

うしなわれた指は、ホサイン三世に執拗《しつよう》な苦痛をあたえた。心臓が鼓動をひとつ拍《う》つごと、指の切断面から痛みが走り、血がこぼれる。額《ひたい》や頸《くび》から脂汗《あぶらあせ》が噴き出し、口中には苦《にが》い唾《つば》がたまり、鼓動そのものが乱れてミスル国王をあえがせた。

これまでとくに意識してはいなかったが、飽食《ほうしょく》や女色からくる肥満は、慢性的に心臓を弱らせていたのかもしれない。ホサイン三世の意識は、とぎれては回復し、黄金仮面の体重は弱った肉体に耐えがたいものとなっていった。

「孔雀姫《ターヴース》」と呼ばれる若い女性が、ミスル国王ホサイン三世の後宮《ハレム》にはいってから、まだ半月もたっていない。だが、すでに、後宮《ハレム》の内外で噂話の的となっていた。

「国王陛下はナバタイから来た小娘に、すっかり鼻毛を抜かれておしまいになった。あのような小娘のどこがよいのでしょう」

「まったく鼻もちならない小娘ですわ。すこし礼儀作法を教えてやったほうが本人のためではございませんかしら」

「あたらしい女性《にょしょう》が献上されるたびに、国王陛下は興味をおしめしあそばす。べつに奇妙なことでもない。日が経《た》って新鮮さが薄れれば、おのずと寵愛《ちょうあい》も薄れるでしょう。放っておき」

後宮《ハレム》の女たちに較べると、王宮づとめの役人、つまり男たちの噂はやや政治的である。

「あのナバタイ女は、南方軍都督《キャランタル》の人事に口を出したというではないか」

「ナバタイ女と呼ぶのは不正確だ。ナバタイから来たパルス女だそうではないか」

「えい、そんなこまかいことはどうでもよいわ。問題は、後宮《ハレム》の女性《にょしょう》が国政に口を出すことだ。古来、宮廷内の乱れは女からはじまると申すぞ」

「とは申しても、じつのところ、女性が国政に口を出すことなど、過去にいくらでもあったではないか。そのていどのこと、いちいち気にしていたら、きりがないぞ」

「それはそうだが、まあ考えてもみよ、自分の親兄弟を出世させたいとて、国王におねだりする女性は、たしかにいくらでもいた。だが、クシャーフル卿はあの女の親でも兄弟でもないぞ」

「ふむ、おなじパルス人だとすると、客将軍《アミーン》クシャーフルと孔雀姫《ターヴース》とは、じつは生き別れの兄妹とか……」

「おぬし、安っぽい吟遊《ぎんゆう》詩人の歌に毒されておるな」

その噂の「ナバタイから来た小娘」が、ホサイン三世に危害が加えられたと聞くや否や、高官たちに申し出たのである。

「国王陛下をお救い申しあげるのは殿方《とのがた》におまかせいたしますけど、女にもできることがございます。わたくしが陛下のおんもとへまいり、お負傷《けが》を治療してさしあげましょう」

「しかし相手が受けいれますかな」

「受けいれますとも。陛下が失血《しっけつ》で亡くなったりしたら、人質がいなくなってしまいます。それに女なら、また人質が増えると考えるでしょう」

孔雀姫《ターヴース》フィトナの申し出に対して、彼女の勇気をほめたたえるより、眉をひそめる人々が多かったのは、当然のことである。

「まあ、異国からの新参者のくせに、何て出しゃばりな女でしょう」

「よほど目立ちたいのですわ、いやな女」

「国王陛下のご災難を憂《うれ》えるどころか、つけこむつもりでいるのでしょうよ」

悪意をこめたささやきが交《かわ》される。

フィトナは平然としていた。彼女は、後宮《ハレム》の他の住人たちに好かれようなどと思ってもいなかったのだ。

「籠《かご》のなかの小鳥どうし、なぐさめあって何になろう。ともに大空へ翔《と》び立てるようでなければ、友人などいらない」

きらわれても平気、とはいえ、意地悪をされたり、国王に讒言《ざんげん》されたりしてもめんどうだ。

「好かれる必要はない。ただし、畏《おそ》れられる必要はある。今回の件は、よい機会。わざわざ先に延ばす必要もない」

後宮《ハレム》内での権勢を、一夜にして確立してやろう。フィトナはそう決意したのだった。もともと衆《しゅう》を恃《たの》んでひとりを苛《いじ》めるような者たちは、強い者に対しては卑屈《ひくつ》に腰をかがめる。そうさせてやる、と、フィトナは決心していた。

「わたくしひとりで参《まい》ってもよいのですけど、すこしは荷物もございますから、誰かについてきてもらえれば幸いです。侍女か宦官《かんがん》たちのうちひとり、選ばせてください」

宦官というものは、ずいぶん旧《ふる》い時代には多くの国に存在したといわれる。今日《こんにち》では、大陸公路の東に位置する絹《セリカ》の国と、西のミスルとに残るだけだ。帝王の後宮《ハレム》で、お妃たちの世話をするのが最大の任務で、ミスル国には二百人ほどが存在していた。

フィトナの要求はもっともなものに思われたので、ただちに宦官と侍女が呼集《こしゅう》された。不安そうに大広間に集まってきた人数は五百人に達した。一同に向けて、フィトナは、おちつきはらった声で事情を説明した。

「危険な任務であることは、わかりきっている。わたしに同行すると申し出る者は、忠誠心からか、出世欲からか、いずれにしても他人とはちがう心根があるにちがいない。そういう者は、名乗り出てほしい。ミスル国の後宮《ハレム》に、勇気ある者はいないのか」

IV

「で、では、わたくしめが」

思いきったような声とともに、ひとりの人物がすすみ出た。薄紫色の寛衣《かんい》をまとい、腰には細い黒帯をしめて、鍔《つば》のない黒い帽子をかぶっている。宦官《かんがん》のよそおいである。若い宦官には小肥《こぶと》りの者が多いが、この人物は痩《や》せていた。肌は黒く、両眼は大きくて白眼の部分がとくに広い。

興味をこめてフィトナが見やった。

「そなたの名は？」

「ヌンガノと申します」

「肌が黒いね。ナバタイの出身？」

若い宦官は首を横に振った。

「いえ、ナバタイよりさらに南方でございます。八歳のとき、奴隷狩りに遭《あ》って、東ナバタイにつれてこられました。十五歳のとき、ミスルの宮廷にはいり、宦官としておつかえしております」

宦官らしく甲高《かんだか》い声だが、口調はおちついているし、言葉づかいもととのっている。フィトナはうなずき、手まねきした。歩み寄って一礼するヌンガノに、低声《こごえ》で確認する。

「死ぬかもしれないけど、いいのだね」

「死にたくはございませんが、そうなったときには是非《ぜひ》もなし、ただ、まず、あなたさまをお逃がしすることに全力をつくします」

なかなか聡明な若者らしい、と、フィトナは思った。彼女は、愚《おろ》かな男がきらいで、向上心のない女はさらにきらいだった。

「気にいった、お前に同行してもらうわ」

「ありがたく存じます」

「籠《かご》をひとつ持ってもらうからね。食べ物と、それに薬。国王陛下はお負傷《けが》をなさってるから、食べ物も重いものはお口にあわないでしょう。では、いそいで！」

あわただしく用意がととのえられた。極上の葡萄酒《ぶどうしゅ》に、蜂蜜の壺《つぼ》や果物、そして包帯や傷薬が、宝石で飾られた絹《セリカ》の国の竹籠につめこまれた。

黒人宦官ヌンガノをしたがえて、フィトナは非武装《まるごし》で歩み出す。一度だけ振り返ると、駆けつけてきたらしい「客将軍《アミーン》クシャーフル」と一瞬、視線があった。フィトナにはそれで充分だった。クシャーフルさまは、わたくしの心をわかってくださる。

長い廊下を歩みながら、フィトナは、一歩おくれてしたがうヌンガノに問いかけた。

「故郷のことを想《おも》い出すことはある？」

「ございますが、それほど多くは……」

「帰りたいかい？」

「いえ」

明確な返答が、振り向かず歩みつづけるフィトナの背中に弾《はじ》けた。

「わたくしめは狩りに出る年齢《とし》にもならぬうち、故郷を離れて、いまではミスル国の宮廷で雑役《ざつえき》をしております。故郷に帰っても仕事などなく、いまさら狩りをおぼえることもできず、猛獣の餌《えさ》になるだけでしょう。わたくしめはミスル国で、せいいっぱい生きていくしか方途《みち》はございません」

「念のため尋《き》くけど、読み書きはできる？」

「はい、ミスル語とパルス語、両方ともできます」

フィトナは満足した。

「では、今日の件が成功したら、わたしの専属にしてあげよう」

「あっ、ほんとうでございますか」

「笞《むち》で打たれることもなくなるし、いままでよりずっと良い生活をさせてあげる。わたしの財産を管理したり、手紙を代筆したり、いろいろお使いをしてくれればいいのよ」

「ああ、それはほんとうにありがたいことでございます」

「ただし、生きて還れたら、だけどね」

フィトナがいうと、若い黒人宦官は、張りのある声で応じた。

「生命《いのち》がけでおつかえする価値のあるお方にめぐりあえました。たとえ死んでも悔いはございません」

声の調子が、ややあらたまる。

「で、これから、あなたさまを何とお呼びすればよろしゅうございますか」

似たようなことを自分もクシャーフルさまに申しあげた……そう思いつつ、フィトナは答えた。

「孔雀姫《ターヴース》とお呼び」

「では、孔雀姫《ターヴース》さま、お進みになる方向は左でございます」

まがりくねった長い廊下にも、終点がある。両開きの扉の前で、血走った眼の兵士たちが槍をかまえていた。フィトナを見ておどろいたようだが、権高《けんだか》に命じられて、しぶしぶ引きさがる。

フィトナは臆《おく》する色もなく扉をたたき、音楽的なパルス語で来意を告げた。はいれ、という声にためらいがある。対照的に、まったくためらいなく、フィトナは扉をあけ、ヌンガノとともに部屋にはいった。

「なるほど、女と宦官だけだな。お前はパルスの女か？」

黄金仮面の声が微妙に変化する。あでやかな笑みで、フィトナはそれに応《こた》えた。

「ええ、パルスの女です。ただ、ナバタイからまいりましたけど」

視線を落として、ホサイン三世を見やる。栄華《えいが》と権勢をほしいままにしたミスル国王は、いまや黄金仮面の尻の下で、半死半生の態《てい》だ。

「国王陛下は生きておいでですのね？」

「いまのところはな。だが、お前がすこしでも妙なまねをすれば、それまでだ」

黄金仮面の沓《くつ》がミスル国王の右手を踏みにじると、弱々しいうめき声がおこった。陰険な男だ、と思いながら、フィトナは姿勢を低くして、不運な国王にささやきかけた。

「陛下、フィトナでございます」

「お、おお、孔雀姫《ターヴース》……」

ホサイン三世はあえいだ。顔が粘土色《ねんどいろ》で汗にまみれているため、肥《ふと》っているというより病的に膨《ふく》れて見える。

「よ、よう来てくれた。痛い……苦しい……こ、この痛みをとめてくれえ……」

「君主たるお人は、権勢と快楽をほしいままにするだけでは、すまないのですね」

あでやかに微笑しながら、フィトナは、不運な国王の左手をとった。

「これが奴隷であったら、指どころか、手首を切断されようと、眼をつぶされようと、誰も同情いたしますまい。世の中とは不公平なものでございますね」

いいながら、フィトナは黒人宦官ヌンガノに用意させ、顔色も変えずに、切断された指の治療をはじめた。傷口を見ても怯《おび》えず、消毒し、黄色い軟膏《なんこう》をぬり、包帯を巻きつける。

ヌンガノは無言でてつだったが、フィトナの手ぎわのよさに、感銘を受けたのはまちがいなかった。

黄金仮面が、じれたように声をかける。

「すんだか」

「国王陛下を解放してくださいな」

「解放？」

傷ついた国王の身体にまたがったまま、黄金仮面の男は冷笑した。

「なぜそんなことをせねばならぬ？　このミスルの豚を自由の身にして、おれに何の得がある？」

「血も流しておいでですし、おかわいそうではありませんの」

「かわいそうだと」

調子のくるった笑声が、荒々しく乾いた反響を室内に呼んだ。

「こやつがおれに何をしたか教えてやろうか、小娘。あわれみの気持ちなどなくなるぞ」

「存じております」

「何だと」

「あなたのお顔を見れば推測がつきます。さぞ怨んでいるのでしょうけど、怨みだけで行動しても、人はついてまいりませんよ」

黄金仮面の男は舌打ちした。反射的に顔を隠そうとして、両手がふさがっていることに気づいたのだ。

「こざかしい女だ」

「国王陛下を解放していただけます？」

「だめだ」

「では、これからどうなさるおつもりですの」

「きさまの知ったことではない」

黄金仮面がかるく視線をそらす。観察してフィトナは結論した。この男はこれから将来《さき》のことは考えていない、怨みをはらすのに絶好の機会を得て暴発しただけだ、とてもクシャーフルさまの相手になれる男ではない、と。

V

フィトナの後姿を見送って、ヒルメスは決意をかためた。ミスル国の高官たちはフィトナを見殺しにするつもりだろう。そうはさせぬ。

「流れが速すぎる。だが、この流れに乗らなければ、泥水のなかで溺《おぼ》れてしまう。すすんで飛びこむしかない」

ミスル国を乗っとるのに、ヒルメスは充分な時間をかけるつもりだった。彼はまだ三十代にはいったばかりで、五年や十年をかけても何ら問題はない。アカシャの城塞を拠点として、北をかため、南へ進出し、ディジレ河に覇王の旗をひるがえしてやろう。

みずから描いた野心の図面を、ヒルメスは描きなおさなくてはならなかった。しかも早《さっ》急《きゅう》にだ。絵具がたりないだの、画布《がふ》が汚れているだのといっている場合ではない。

この朝には想像もしなかったことを、昼には実行することになった。ヒルメスはブルハーン以下、十名のトゥラーン人を待機させて、宮廷書記官長グーリイに告げた。決死隊をひきいて国王を救出する、と。

「この繁栄しているようで老朽化《ろうきゅうか》した国では、誰が正式に認めなくとも、決断と実力行使をした者が正義になる。そのことをフィトナが教えてくれたからな」

ヒルメスが思ったとおり、グーリイは曖昧《あいまい》に諒承《りょうしょう》した。そのとき思いもかけぬことをいい出した者がいる。それまで手をこまねいていたマシニッサであった。

「おれも同行する」

内心でヒルメスは冷笑した。マシニッサの本意は見えすいている。国王救出に成功すれば功績は独《ひと》り占《じ》めし、万が一にも失敗すれば責任を「客将軍《アミーン》クシャーフル」に押しつける気なのだ。だが、じつはそれこそヒルメスにとって好つごうであった。

「おお、武勇の誉《ほま》れ高いマシニッサ将軍にご同行いただけるとは、心強いかぎり。かならずや、逆賊《ぎゃくぞく》の魔手から国王陛下をお救いすることができましょうぞ」

ヒルメスの内心を知ろうともせず、もったいぶってマシニッサは髭《ひげ》をひねった。

「わが国の君主をお救いするのに、パルス人ばかりにまかせてはおけぬからな」

さりげなく、ヒルメスは訂正した。

「パルス人とトゥラーン人でござるよ」

「なに、トゥラーン人!?」

マシニッサは眉をしかめた。

「トゥラーン人をつれていくのか」

「つれていきます。十人ほど。何かご異存《いぞん》でも?」

マシニッサは今度は眼を光らせた。

「では、おれはミスル人を三十人つれていくことにする」

「人数が多すぎると、秘密の行動にさしつかえますぞ」

「二十人。これ以上はへらせぬ」

「けっこうでござるな」

ヒルメスは、ミスル人を兵士として高く評価していない。彼がつれていく十人のトゥラーン兵は、仮面兵団の生き残りであり、シンドゥラ国を経《へ》てミスル国まで脱落せずにしたがってきた歴戦の強者《つわもの》だ。二十人のミスル兵をことごとく斬り伏せることが、容易にできるはずであった。ヒルメス、ブルハーン、バラク、アトゥカの四人だけでも充分なほどだ。

マシニッサは、確認するようにヒルメスの左右を見わたした。

「で、おぬしがつれていくトゥラーン兵は、もう選んであるのか」

「すでに」

「では、おれが二十人を選ぶまで待っていてもらおう」

必要以上に強い視線を、マシニッサが向ける。無言でヒルメスは目礼《もくれい》した。口に出して急《せ》かせれば、マシニッサを不快がらせるだけだし、「ごゆっくり」というのも妙なものだ。マシニッサにしても、ことさら兵士の選抜を遅らせる理由はない。意外にてきぱきと人選をすすめ、ほどなく二十人のミスル兵をそろえた。いずれも筋骨《きんこつ》たくましく、顔つきも鋭く引きしまっている。

彼らを見やって、さりげなくヒルメスは問いかけた。

「いかにもたのもしげな者どもですが、王宮の警護にさぞ経験が豊かなのでしょうな」

「もちろんだ。短い者でも五年以上、王宮の警護にしたがっておる」

何も知らずにマシニッサは答える。つまり、いずれも五年以上、実戦から離れた兵士たちであることを、ヒルメスに教えてしまったのであった。

「たよりにしておりますぞ。では、マシニッサ将軍、出発のご命令を」

そういわれたマシニッサは、当然のように出発の合図をした。すべてかたづくまで危険だから絶対に近づかぬように、と念を押されたグーリイらが不安そうに見送る。

廊下の角をひとつまがったとたん、マシニッサは、自分以外の者をののしりはじめた。

「まったく衛兵どもは何をしておったのだ。事がすべてかたづいたら、列間笞打刑《れつかんちだけい》に処してくれる」

「いまごろ罰の重さを思って、慄《ふる》えておりましょうな」

ヒルメスが思うに、黄金仮面は、衛兵の四、五人は独力で斃《たお》すていどの武勇をそなえているであろう。むろん衛兵たちにも油断があったにちがいない。だが、原因《もと》をただせば、ホサイン三世が軽率すぎたのだ。衛兵だけのことではない。この国全体がそうではないか。

列間笞打刑とは、パルスより西方の国々に見られる刑罰で、ルシタニアにもマルヤムにも存在した。もともと軍隊内部の刑で、庶民に対してはあまり用いられない。

百人の兵士が、五十人ずつ左右に分かれ、向かいあって列をつくる。彼らの手には笞《むち》や棍棒がにぎられている。罪人は、列の間を通りぬける。歩く場合もあるし、走りぬける場合もあるが、その間、左右の兵士たちが笞や棍棒をふるって殴《なぐ》りつけるのだ。

傷だらけになっても、列間を通りぬけることができれば、刑はそれで終わって罪人は放《ほう》免《めん》される。だが、それは罪人がよほどに強健であるか運が良いときにかぎられ、大半の者は列間の半ばで力つきて倒れ、息絶えてしまう。

ただし、列をつくる兵士の数は、刑を執行する者の思惑《おもわく》ひとつでいくらでも変えられるから、単なる懲罰の場合には、十人ていどということもある。また、最初の一撃で罪人の頸《くび》の骨が折れたり、頭蓋《ずがい》がたたき割られたりして、早々に終わってしまう場合もある。

「こやつは全員を殺してしまうつもりだろうな。それを見物しながら酒を飲むのを好みそうなやつだ」

マシニッサの横顔に視線を走らせながら、ヒルメスはそう思った。

このときヒルメスはマシニッサの右側を進んでいる。マシニッサが左側に立ちたがるので、好きにさせてやったのだ。マシニッサがそうしたがるのは、いざというとき抜き打ちにヒルメスに斬りつけることができるように、という魂胆《こんたん》からであった。冷笑をこらえつつ、ヒルメスは歩みつづける。マシニッサの位置的な有利など、すばやくヒルメスが身体を左に開けば消え去ってしまうものだ。

黄金仮面の部屋の前に立ち、扉をたたく。

すでに事情は知らされていたので、おどろきはしなかったが、女の声が応じたときには、ヒルメスはわずかながら眉を動かさずにいられなかった。孔雀姫《ターヴース》フィトナの大胆さと機智《きち》に、今後の成否《せいひ》がかかっているのだ。

扉が半分だけ内側に開き、フィトナのすらりと優美な姿があらわれた。あえてヒルメスが沈黙していると、せきこむようにマシニッサが問いかける。

「へ、陛下はご無事であろうな」

無言でフィトナが身体をずらせる。

ふたりの武将が見たものは、床にあおむけに倒れたミスル国王の姿であった。黄金仮面が馬乗りになり、若い黒人宦官がその指に包帯を巻き、綿に葡萄酒をふくませて国王の紫色の唇にあてている。

マシニッサがうめき、ヒルメスは低くフィトナにささやいた。

「あの宦官は信用できるか」

「わたくしは信用しておりますわ」

「もし裏切ったらどうする？」

「生命でつぐなわせます」

一瞬のためらいもなくフィトナは答える。その意味を、ヒルメスとマシニッサはそれぞれに解釈した。もちろんヒルメスの解釈が正しい。あの宦官は、フィトナ個人に対して忠誠を誓ったのだ。

ホサイン三世とマシニッサの運命は決した。

Ⅵ

「やれ！」

ヒルメスの号令とともに、トゥラーン人たちの直刀が鞘走《さやばし》った。

ひとりとして遅れた者はいない。十本の閃光は同時に発せられ、肉や骨を絶《た》つ音と、驚愕の悲鳴がそれにつづいた。ほとばしる血が床をたたき、その上にミスル兵の身体がころがる。

ミスル兵たちは不意を打たれた。少数のトゥラーン人の側《がわ》から戦端を開くとは思わなかったのだ。油断といえば油断だが、結局それは指揮官たるマシニッサの不覚が反映したものであった。

トゥラーン人たちの第一撃で、十人のミスル兵が戦闘力をうしなった。半数は即死し、半数は重傷を負《お》った。これがトゥラーン人の先制攻撃のおそろしさで、第二撃以降は十対十の闘いになる。数の有利など瞬時に消滅してしまった。

「な、な、何をするか……!?」

マシニッサのあえぎは、愚昧《ぐまい》なものとしかヒルメスには聞こえない。この期《ご》におよんで、殺戮にまともな理由があるとでも思うのか。

「闘ってみろ。負けるとはかぎらんぞ」

ヒルメスが二歩すすむと、マシニッサは一歩しりぞいて、かろうじて踏みとどまった。右手を剣の柄にかけ、呪詛《じゅそ》に似たうめき声をしぼり出す。

「おれには、とうにわかっていた。きさまはミスル国にとって災厄《さいやく》となる、ということが」

ヒルメスは愛想よくうなずいてやった。そのとおりだよ、マシニッサ将軍、よく見ぬいた、ただし忠誠心と識見からではなく、嫉妬心と猜疑心からであるところが、きさまの小人《しょうじん》たる所以《ゆえん》だ。

「では災厄をとりのぞいてみろ」

すでに周囲は怒号と刃鳴りの渦だ。十対十の死闘。ミスル兵も歯をむき出してトゥラーン人と渡りあうが、先手をとられた上、実戦から遠ざかっている。ミスル兵がひとり斃《たお》れると、まっさきに手のあいたブルハーンが味方に加勢する。十対十が十対九となり、十対八となって、加速度的に優劣の差が開く。マシニッサが決断を欠き、適切な指示を出せぬうち、生死は別としてミスル兵はひとりまたひとりと血ぬれた床に這《は》っていく。

マシニッサはうめいた。彼の視野に敗北の影がちらつきはじめていた。

「待て、クシャーフル卿、話しあおう。おぬしに味方してもよい。さいわい、よけいな告げ口をする者はいなくなったことだし、おぬしの話に乗るぞ。まず、たがいに剣をひこうではないか」

ヒルメスは声に出して嘲笑した。

「きさまの部下どもに聞かせてやりたい台詞《せりふ》だな。ザンデを殺したときも、そのように下《げ》劣《れつ》な詐術《さじゅつ》を用いて油断させたのか」

ザンデの名を耳にして、マシニッサの表情に動揺が走った。なぜこいつの口からザンデの名が出る？

「ま、まさか……」

それ以上、口にする暇もない。ヒルメスの剣が閃光となっておそいかかる。かろうじて抜きあわせたが、最初から劣勢であった。条件がちがったらもっと善戦できただろうが、わずか五、六合、撃ちあっただけで、左手首から血が奔《はし》った。

「いまのは、おれの分だ。まあ、たいしたことはない」

薄刃《うすば》のような笑みを浮かべて、ヒルメスは手首をひらめかせた。

「これはザンデの父カーラーンの分」

右の腋《わき》から胸へ、第二撃が奔《はし》って、内臓が裂ける音とともに、ほとんど黒色に近い血が噴き出す。

「これがザンデの分だ！」

第三撃は奇妙に乾いた音をたて、右から左へ、マシニッサの肩の上を通りすぎていった。マシニッサの頭部は、苦痛とおどろきの表情を浮かべたまま宙を飛び、赤い霧と鈍い音をまきちらしながら床にころがった。胴体のほうは手に剣をつかんだまま、一瞬おくれて床を鳴らす。

「苦しむ時間を最短にしてやったぞ。ありがたく思え」

ヒルメスが剣を鞘におさめたとき、周囲の刃音も絶えていた。人血《じんけつ》でぬるぬるした床に立っているのは、パルス人とトゥラーン人だけで、ミスル人はことごとく倒れ伏している。トゥラーン人のうち軽傷を負った者が三人、あとは無傷だった。

ヒルメスは扉をたたき、部屋にはいった。フィトナに壁ぎわにさがるよう手を振ってみせ、黄金仮面の前に立った。余裕たっぷりに問いかける。

「さて、どうなさる？」

「おれは、おれを侮辱したすべてのやつに復讐《ふくしゅう》してやるのだ」

陰々《いんいん》たる声が応じる。演劇《しばい》がかったやつだ、と、ヒルメスはせせら笑った。

「はてさて、王者の誇りとは実に恐るべきもの。獅子《シール》の影は踏まぬにかぎりますな」

「その言葉づかいをやめろといっておる！」

黄金仮面の声が昂《たか》ぶり、手が慄《ふる》えた。

限界だな、と、ヒルメスは看《み》てとった。この男は一世一代の勇気をふるって、ホサイン三世に対する怨みははらしつつあるものの、それ以上のことを遂行する能力はない。フィトナとおなじ結論である。

「ホサインとナルサス、このふたりには地獄の汚水を口からあふれるまで飲ませてやる。まずホサインからだ！」

「ナルサスだと？」

初対面のときにも、ヒルメスは、黄金仮面の口からナルサスの名を聞いた。よほどに憎んでいることはわかる。あのへぼ画家との間にどのような因縁《いんねん》があるのか、このさい尋《き》いてみようか。そう思ったとき。

「助けてくれ……」

衰弱しきった国王の声が耳をかすめた。ヒルメスはホサイン三世の顔を見た。見るたびに、国王が死の門へと近づいているのを感じる。紫色になった舌の先を口から突き出し、ひくつく口もとから、息と泡と涎《よだれ》を垂れ流している。

ヒルメスは、興奮に慄える黄金仮面の男に視線をもどした。

「きさまの本名は何という?」

「お、おれの名前……」

「答えよ」

とくに声を大きくしたわけではないが、笞《むち》打たれたように男は答えた。

「シャガード」

「ふむ、では、おれも名乗ろう。おれはヒルメス。父は第十七代パルス国王オスロエス五世」

ヒルメスの真の父親は、第十六代国王ゴタルゼス二世である。だが、口が裂けても、忌《い》まわしい真実を公言することはできない。ヒルメスにとって父親はあくまでもオスロエス五世だった。

黄金仮面の男は、全身に戦慄を走らせ、口を大きく開いた。発した声は大きく揺れた。

「ほ、真物《ほんもの》……?」

「そうだ、真物だよ。どこかで窮死《のたれじに》したとでも思っていたか」

苦《にが》い自嘲が、ヒルメスの口もとを飾る。

「ま、その機会は何回もあったがな。どうにか生きのびて、ミスルまで流れついたというわけだ。そうしたら、ふふん、おれの名を騙《かた》るどこぞの驢馬《ろば》の骨がいすわっておった」

シャガードという男にどのような過去があるか、それはあとで尋《き》けばよい。ミスル人どもがなけなしの勇気をふるいおこしてやって来るまでに、すべてかたづけてしまおう。

「運がよければ手の指一、二本をうしなっても、生命と王位とを保《たも》てたものを」

ひややかに独語《どくご》すると、ヒルメスは、床に片ひざをついてホサイン三世の太い頸《くび》を左手でおさえた。ミスル国王の両眼が飛び出しそうになる。

ヒルメスは手を離した。立ちあがって一歩しりぞくと、視線を横に動かす。

「きさまがやれ、シャガードとやら」

「お、おれが……」

「やらなくても、どうせ、きさまが手を下した、ということになる。だが、やれば、下手人は、おれが別につくってやる。どうする？」

ヒルメスの眼光を受けて、シャガードは唾《つば》をのみこんだ。かつては聡明をうたわれた男だ。ホサイン三世を殺すことが、単なる復讐ではなく、政略として成立することをさとった。大きくうなずき、手を伸ばす。

「ま、待て、待ってくれ……」

ホサイン三世の声は、恐怖から絶望へと変質しつつあった。フィトナの治療を受ける前の出血が多量で、血とともに気力が体外へと流れ出していったかのようである。鼓動も呼吸も弱々しく、しかも乱れていた。唇は発熱のために乾いてひび割れ、声もまたそうであった。

「……そなたたちには財宝をやる。領地も奴隷も、ほしいだけやる。後宮《ハレム》の美女たちも、いや、王位を譲ってもいい……だ、だから助けてくれ……」

「ひとつとして、あなた自身の力で手にいれたものはありませんな、陛下」

うんざりしたようなヒルメスの声が、黄金仮面に向かって鋭く変わった。

「さっさとやれ！　国王を苦しめるのが目的ではないぞ！」

シャガードにとっては、国王を苦しめるのも大きな目的のひとつだった。だが、ヒルメスにさからうことは、もはや不可能になっている。シャガードは、ホサイン三世の頸部をつかむ両腕に力をいれた。力をいれて、思いきりひねった。フィトナが睫毛《まつげ》を伏せ、ヌンガノが顔をそむける。

ミスル国王ホサイン三世は、まるで鶏《にわとり》のように扼《くび》り殺された。

「もう放したらどうだ」

冷淡な声で、シャガードは我に返った。あえぎながら手を国王の頸から引きはがし、よろめきつつ立ちあがる。

「頸の骨が折れるまで、しめつける必要もあるまいが」

ヒルメスは酷薄な眼で国王殺害犯を見やる。

「まあよい、あとはおれにまかせて、きさまは身を隠せ。場所はいくらでもある」

「だ、だが、ホサイン三世を……」

「殺したのは、マシニッサだ」

声をのむシャガード。ヒルメスは、皮肉をこめて、半開きの扉ごしにミスル人武将の屍《しかばね》を見やる。

「マシニッサめ、存在するだけで不愉快な小人《しょうじん》であったが、死んだ後は役に立ってくれそうだな」

「だ、だが……」

「今度は何だ」

「おれはここにいなくてもよいのか……」

ヒルメスはかるく肩をすぼめた。

「きさまはこの場に必要ない。顔を焼かれ、黄金仮面をかぶった死体がひとつあればよいのだ。そうだろう?」

Ⅶ

「客将軍《アミーン》クシャーフル」は、孔雀姫《ターヴース》フィトナと黒人宦官ヌンガノ、それに十人のトゥラーン兵をつれてもどってきた。そして、重々しい口調で国王の横死《おうし》を報告したのである。

悲歎《ひたん》の声が飛びかう中、宮廷書記官長グーリイがあえいだ。

「い、いったい、どういうことでござるか」

「すべての主謀者はマシニッサ将軍であったのだ」

良心に、痛みどころか痒《かゆ》みさえ感じることなく、ヒルメスは言明《げんめい》した。グーリイが大きく唾《つば》をのみこみ、背後では諸官の驚倒《きょうとう》のざわめきがひろがっていく。

「わ、わからぬ。なぜマシニッサ将軍が陛下を弑逆《しいぎゃく》せねばならんのだ」

当然の質問に、ヒルメスは、平然というより冷然たる態度で答えた。いわく、マシニッサ将軍は国王の信任をよいことに、軍隊の資金を横領して私腹《しふく》を肥やしていた。そのことが国王に知られ、宮廷からの追放を申しわたされそうになったので、黄金仮面の男を引きこんで弑逆の大罪を犯すに至ったのだ。その黄金仮面も、トゥラーン兵に斬られて死んだ……。

グーリイの胸中《きょうちゅう》に、疑惑《ぎわく》と不信の雲がひろがっていく。あまりにも信じがたい話だ。いや、マシニッサなら私腹を肥やすていどのことはしているにちがいないが、だからといって、長くつかえた国王を殺したりするだろうか。クシャーフルにとってつごうのよすぎる話ではないか。まさかとは思うが、このクシャーフルが、だいそれたことをたくらんだのではあるまいか……。

だが、仮《かり》に客将軍《アミーン》クシャーフルが弑逆の元兇だったとして、何者が彼に懲罰を加えるのか。加えることができるのか。

王都にいる国軍の高官たちのうち、随一の実力者であったマシニッサ将軍までが死んでしまった。全軍をたばねてクシャーフルを討つような者は存在しないのだ。

それどころか、死んだとたんに、マシニッサの人望の欠如《けつじょ》があらわになってしまった。

「マシニッサ将軍が死んだ。殺されたぞ！」

その報が部隊に伝わったとき、一瞬の沈黙につづいて、拍手と歓声があがった。

「ざまあみろ、天罰だ！」

という声まであがり、賛同の声がいくつも発せられた。誰かがサトウキビ酒の壺《つぼ》を持ち出し、祝杯がかかげられた。国王弑逆の犯人が誅殺《ちゆうさつ》されたのだから当然のことだ！

要するに、マシニッサの仇を討つため、死を決してクシャーフルと戦おう、などという物好きはおらず、まんまとヒルメスは弑逆者を誅殺した功労者になりおおせてしまった。

さらに、火に油がそそがれた。

「マシニッサは、兵士たちへの俸給《ほうきゆう》を横領して私腹を肥やしていたというぞ」

「やつならやりかねない。いや、やってるにちがいない」

「そうだ、おれたちの俸給を奪《と》りかえせ！」

「マシニッサの官邸へ押しかけようぞ！」

酔った兵士たちが騒ぎ出す。結局のところ軍紀《ぐんき》が厳正でなかったということだが、それも亡きマシニッサに一半の責任があることだった。しかも、ヒルメスは、自分の部下に命じて、騒ぎをさらに拡大させたのである。それには絶好の人材がいた。

五人いる大隊長のひとり、フラマンタスであった。彼が煽動《せんどう》の任をまかされたのは、とどろくような大声と、パルス人にめずらしくミスル語に通じていたという事情による。彼はミスル兵に変装して叫びたてた。

「マシニッサの財宝は、おれたち兵士から奪ったものだ。マシニッサは死んだ。やつの家族から、おれたちの俸給をとり返せ！　いますぐやつの家に押しかけるんだ」

「そうだ、そうだ！」

呼応《こおう》する声には、耳をすまして聴けばパルス訛《なま》りがあったが、たちまち十倍、百倍の声が唱和し、暴徒と化したミスル兵二千人あまりがマシニッサの官邸へ押し寄せた。

官邸は百人ほどの兵士によって警護されていたが、殺到する暴徒を見ると、半数が逃げ散った。のこる半数は自分たちの手で門を開き、暴徒たちを招き入れた。

夕暮れの空に何十本もの炎が飛ぶ。松明《たいまつ》が投じられたのだ。白壁の豪壮な邸宅だが、絨《じゅう》毯《たん》や綵楼《カーテン》に火がつき、勢いよく燃えあがった。赤や黄の炎が舞いくるい、白や黒の煙が渦まく中、掠奪《りゃくだつ》がくりひろげられ、兵士たちは銀の食器や絹の国《セリカ》の陶器をうばいあった。

あわれなのは、マシニッサの家族や逃げおくれた従僕《じゅうぼく》たちである。興奮から狂乱へと変質した兵士たちは、人影を見ると飛んでいって斬りつけた。従僕たちの死体はそのまま放置され、家族の死体からは血まみれの宝石や装飾品や黄金の帯などがむしり奪《と》られた。

「マシニッサがきらわれていることは知っていたが、これほど憎まれておったとは」

惨事を知って、宮廷書記官長グーリイは歎息したが、彼にも高官たちにも制止しようがなかった。

ヒルメスはパルス人部隊を出動させて、掠奪者のうちおもだった者三十人ほどをその場で斬りすて、生きのこった家族や従僕ら二十人ほどを救出してやった。これは慈悲《じひ》からではない。王都において、秩序を維持する能力がヒルメスにしかないことを、万人《ばんにん》に見せつけたのである。やがて、マシニッサの官邸は焼け落ち、灰と化した。

「見たか、ザンデ、仇は討ったぞ」

炎に直面することを避け、後方から眺めながら、ヒルメスは亡き腹心に心のなかで語りかけた。

いま王都アクミームで、もっともよく組織された精強な部隊をひきいているのは、客将軍《アミーン》クシャーフルであった。しかも、これまではいかに武勲を立てようとも、一種の傭《よう》兵《へい》隊長でしかなかった者が、先日には重職《じゅうしょく》たる南方軍都督《キャランタル》に叙任され、そして今日は「逆賊」マシニッサを討ちはたしてミスル国随一の忠臣を自認している。変転の烈《はげ》しさには唖然《あぜん》とするが、これが現実であった。

いま客将軍《アミーン》クシャーフルを相手に事をかまえるのは、無益にして危険。宮廷書記官長グーリイはそう判断した。

「すでに弑逆の大罪人たる両名は、当然の誅殺《ちゅうさつ》を加えられた。両名の首を王都の城門にさらして見せしめとせよ」

マシニッサに加担《かたん》したとされるミスル兵十九名も、すでに誅殺されているので、死体は砂漠に棄《す》てられ、胡狼《ジャッカル》の餌とされた。二十名ではなかったのか、計算があわぬ、と思った者もいたが、口には出さなかった。

ヒルメスは、宮廷書記官長グーリイに近づいてささやきかけた。

「グーリイ卿、私は先王ホサイン陛下崩御《ほうぎょ》に際し、ご遺言をたまわった。あなたを摂政《せっしょう》に叙任し、今後十年の国政を委《ゆだ》ねるとのこと」

グーリイは息をのみ、上半身をかるくのけぞらせた。

「わ、私を摂政に……？」

「さよう」

「いや、しかし、私は王族ではないし……途方もないこと」

「先王のご遺志でござるぞ」

ヒルメスの両眼に満ちた光が、グーリイの舌を凍《い》てつかせた。

グーリイはまじめな官僚で、王族ならぬ身が摂政として国を統《す》べるなど、考えたこともなかった。権限と、それにともなう俸禄《ほうろく》はほしかったが、それ以上を望んだことはない。

だが、老齢でもない国王が急死すると、ミスル国の権力体制は、いたって脆弱《ぜいじゃく》で隙の多いものだった。ホサイン三世は競争者の存在をきらい、まだ王太子をさだめていなかったし、王妃の死後、正式に王妃も立てていなかったのだ。

本来、国王になれるはずがない者を国王として推戴《すいたい》する。それでこそ、大恩を売ることができる。ヒルメスはそう考えていたが、事態の展開が急すぎて、グーリイの知識にたよるしかない。

「どなたか、新王にふさわしい方をご存じないかな、書記官長どの、いや、摂政どの」

すでにグーリイは、ヒルメスの差し出す毒酒に酔いはじめている。王族の名簿を脳裏《のうり》にひろげ、ひとつの名を選び出した。

「サーリフという王子がおわします。御年はたしか八歳、母君はミスル人で、平民のご出身ゆえ貴族たちの後ろ盾《だて》もなく、お身体も弱く、後宮《ハレム》の一隅で母子《おやこ》ひっそりと暮らしておられますが……」

「なるほど、理想的ですな」

ヒルメスがもっともらしくうなずくと、グーリイは怯《おび》えたように表情をうかがった。

「そのようなお方であれば、恵まれぬ境遇にある者に対して、慈悲《じひ》深くあられましょうからな。そう思われぬか、グーリイ卿？」

「あ、そういう意味でござるか」

虚《きょ》を衝《つ》かれたような表情のグーリイに、ヒルメスは人の悪い笑みを向けた。

「そういう意味でござるよ。およそ苦労を知らぬ名門の子弟《してい》が、若くして権勢をにぎるほど、世に有害なことはない。実力もなく、他人の心を測《はか》ることもできず、己《おの》れが全能と思いあがり、失敗すれば部下のせいにする……」

「……」

「新王が摂政どののご訓育《くんいく》よろしきを得て、名君とおなりあそばすよう、私めも微力をつくす所存。何とぞご信頼ください」

「も、もちろんでござる」

グーリイに武力はない。ヒルメスをたよるしかないのだ。ただ、茫然自失《ぼうぜんじしつ》からさめかけると、グーリイが気づいたことがある。南方軍都督《キャランタル》の人事は白紙にもどす必要がある、ということだ。グーリイはおそるおそるそのことをヒルメスに告げた。

「ふむ、たしかにさようですな」

つい先日まで、ヒルメスは、自分自身が南方軍都督《キャランタル》としてアカシャへ赴任するつもりであったのだ。だが、こうなれば、ヒルメスは王都アクミームにとどまらざるをえない。今後の展開によっては、四方の軍隊が新王への忠誠を拒否し、王都アクミームを攻撃してくるかもしれない。そのときには、アクミームの城壁に拠《よ》って、敵をふせぐことになるだろう。

「援軍が来るあてもないのに、籠城《ろうじよう》するのは愚策《ぐさく》だ」

と主張する兵家《へいか》もいるが、それは攻城軍が統一されている場合だ。ミスル全軍を指揮統率しえる大物など存在せず、アクミームを包囲しても長期にわたれば分裂し、瓦解《がかい》するのはあきらかだった。

「その件については、後日のこと。いまは一刻も早く、サーリフ王子にご即位いただくことです。あとはすべて新王の勅命《ちょくめい》にしたがうだけですからな」

「ま、まことに」

「では、ともに、サーリフ王子をお迎えにあがるといたしましょう」

こうして七月二十五日夜、サーリフ王子は八歳にして頭上にミスル国の王冠をいただく。

下弦《かげん》の月が黄色くかがやき、何本もの雲が空を走る、むし暑い夜であった。

新国王は左右を生母《せいぼ》ギルハーネと宮廷書記官長グーリイにはさまれて大広間に立ち、教えられるままに宣言する。

「予《よ》はここにミスル国王となった。予の王位に異《い》をとなえる者は大逆の罪人となろう」

さらに教えられるままに、新国王はつぎつぎと勅令《ちょくれい》を発する。先王ホサイン三世の葬儀を盛大にとりおこなうこと。生母ギルハーネに王太后《おうたいこう》の称号を贈ること。グーリイを摂政に叙任すること……。

高官たちの輪から離れて立つヒルメスに、すらりと優美な影が寄りそう。孔雀姫《ターヴース》フィトナである。

「クシャーフルさま、これほど早くお望みがかなうとは……」

「まだまだ。ここで油断するなよ、孔雀姫《ターヴース》」

「はい、でも嬉《うれ》しゅうございます」

「シャガードはどうしている？」

「薬を服《の》ませて寝かせました。ヌンガノが監視しております」

「そうか」

シャガードの処遇もふくめ、明日にはさまざまなことを決めねばならぬ。だが今宵《こよい》は、意外な幸運と、それを逃《のが》さず手中におさめた自分たちに、ささやかな祝杯をあげてもよかろう。ヒルメスはそう思った。

なお油断せず、左右に鋭く視線を飛ばし、誰も彼らふたりを見ていないことを確認してから、ヒルメスはフィトナにささやいた。

「今夜はそなたの寝所《しんじょ》ですごそう」

この夜の月よりもかがやく笑顔で、孔雀姫《ターヴース》はささやき返す。

「今夜だけでなく、これからはずっと」

白い繊手《せんしゅ》が、たくましい手にからむ。それは、ふたつに分かれた腕環《うでわ》がふたたびひとつになったかのような光景であった。

第三章　「プラタナスの園《バーゲ・チナール》」奇譚《きたん》

I

七月上旬、パルス国全土は「盛夏四旬節《フローラム・チェツレ》」のただなかにある。日中はひたすら暑く、風は熱気を吹きつけるばかり。影の濃さときては、白壁にそのまま貼りついてしまうかと思われるほどだ。

ただそれも日没とともに一段落するのが、パルスの夏のありがたさ。夕方にひと雨あれば、その後、一夜の涼しさは、人も家畜も草木も生き返らせてくれる。

パルス内陸の砂漠や荒野になると、「昼死ぬやつは焼死、夜死ぬやつは凍死」ということになるが、文明国ゆえ砂漠にも荒野にも道があり、早朝や日没には旅人の姿が絶えない。

この季節の旅人といえば、重大な用件や商売上のつごうがあって、やむをえず、ときには生命の危険すら覚悟して旅に出るのだが、例外もある。パルス国の東南方を、大陸公路からはずれて悠然《ゆうぜん》と騎行《きこう》する物好きな旅人がいる。名をギーヴという。

王宮につかえる「巡検使《アムル》」だが、ギーヴの性癖で、すすんでそう名乗ることはない。みずから「流浪の楽士」と称し、「アシ女神の忠実な信徒」、「女性と芸術の味方」などとも称していた。

もっとも、このごろはあまり「流浪」を強調しなくなった、ともいわれている。というのも、ギーヴは自分でパルス国外へ出たことはない。奇妙な縁でアルスラーンにつかえるようになってから、シンドゥラやチュルクへと足を運んだが、これは武将や国使《こくし》としてであって、流浪とはいえない。

パルス旧王家の嫡流《ちゃくりゅう》であったヒルメスのほうが、よほど遠方や異郷を流浪しているのだった。

不逞《ふてい》・不遜《ふそん》・不敵と三拍子《びょうし》そろったギーヴだが、何のかのといいながらアルスラーンにつかえつづけているのも不思議《ふしぎ》なことではあった。あるいは、アルスラーンを通して、軍師にして宮廷画家たるナルサスに、便利に使われているのかもしれない。

今後もし王都エクバターナが敵の大軍に包囲されるような事態になれば、ギーヴは二、三千の兵をひきいて、直前に城を出る。城外の野に潜《ひそ》んで遊撃戦を展開し、敵の側面や後方をおびやかす。夜間に敵陣に火を放ったり、物資を奪ったり、敵の指揮官を射殺したり、陽動《ようどう》して敵の兵力を分散させたり、あらゆる手段で敵を混乱させ、王都の攻略どころではないという状況に追いこんでしまう。そのような任務に就《つ》くよう、軍師にして宮廷画家たるナルサスから指示を受けていた。

「こういうことは、正攻法の将軍たちにはできない。メルレインやギーヴぐらいだろう。とくにギーヴは変幻自在《へんげんじざい》の男だからな」

ナルサスがいうと、ダリューンが苦笑して応じた。

「というより、あいつは変幻だけの男じゃないか」

ちがいない、と、ふたりして大笑いになったものである。

ギーヴはファランギースやアルフリードと別れ、ハマームルの谷からバダフシャーン地方へ馬を進めていた。

バダフシャーン地方、旧バダフシャーン公国の領域はパルス全体の東南部に位置する。広さは、東西が四十ファルサング、南北が六十ファルサングというところだが、雨量がすくなく、全土の九割が砂漠と岩山である。残る一割がオアシスで、大小あわせて五十カ所を算《かぞ》える。

これらのオアシスは緑と水が豊かで土地も肥え、小麦や果実を産して、住民たちは飢餓《きが》を知らないといわれた。しかも不毛の土地でさえ、有名な紅玉《ラアル》をはじめ、銀や銅の鉱脈を豊かにかかえているのだ。

バダフシャーンで最大のオアシスは「バーゲ・チナール」と呼ばれることが多い。これは「プラタナスの園」という意味で、並木や防風林にプラタナスが植えられており、その数を合計すると百万本をこえるといわれている。オアシス全体の広さは、直径六ファルサングにおよび、人口は十五万人をこえる。

オアシスの中心に湖があり、これがまた砂漠のただなかとは思えないほど広いのだが、湖の北には城壁にかこまれた街がある。これがかつてバダフシャーン公国の首府であったヘルマンドスである。城壁は長方形に市街をかこみ、東西が一ファルサング、南北が半ファルサング。オアシスの人口の半数が城内に居住する。現在、パルス王国のバダフシャーン総督府がここに置かれている。

街は繁栄し、にぎやかである。バダフシャーンの各地から人や商品が集まってくる。とくに各地の鉱山で働く坑夫《こうふ》たちは、休暇になるとヘルマンドスの街にやってきて一、二泊し、女と酒、歌と踊り、賭博《とばく》と食事を娯《たの》しむ。当然ながら芸人《ルーティー》の数も多く、彼らを泊める宿も軒《のき》を列《つら》ねている。

「ヘルマンドスへ来るときは十人、帰るときは五人」

という言葉は、居心地のよさにヘルマンドスに住みつく者が多いことをしめしている。なかには歓楽におぼれて身を持ちくずす者も多いのだが、いずれギーヴもこの地を訪ねるつもりではあった。

ハマームルの谷から「プラタナスの園《バーゲ・チナール》」まで、まっすぐ進めば五日で到達できる。だがギーヴという男の人生にも辞書にも、「まっすぐ」というパルス語はないようだった。あちらの町、こちらのオアシスと立ち寄って、そのたびに女がらみの騒ぎをおこし、結局、七月もすでに幾日かを過ぎていた。

その間にペシャワール城塞では人と魔との血戦《けっせん》が展開され、決死の使者が大陸公路を東から西へ砂塵を巻きあげて疾走《しっそう》していったのだが、ギーヴはそのことを知らない。一度、ソレイマニエの城市《まち》に立ち寄って、酒場で各地の消息を集めたときには、すでにペシャワール攻防戦の決着はついており、第二陣の急使が捷報《しょうほう》をもたらして、大陸公路ぞいの町や村には安堵《あんど》の空気が流れていた。

蛇王ザッハークの名を耳にすれば、横着《おうちゃく》が琵琶《ウード》をひいているようなギーヴでさえ、心おだやかではいられない。晴れわたった空の一角に黒雲が出てきたぐらいの気分にはなる。

「はて、この将来《さき》、大雨が降り出さんともかぎらぬ。王都へ還って、アルスラーン陛下のおそばにいたほうがよかろうか」

とは、ずいぶん殊勝《しゅしょう》なことを考えたものだが、そのような気分が長くつづくはずもなかった。

「雨が降り出す前に、できるだけ晴天の刻《とき》を愉《たの》しむ。これこそアシ女神が忠実なる信徒に課せられた務《つと》めというものだて」

妙な理屈をつけて、結局は旅をつづけることにしたのだった。いざ危急のときに国王の御前に駆けつければよし、危急となればアシ女神のお告げがあるだろう。

クーファという町では、賭けに不正《いかさま》があったなかったで、他の客も巻きこんで乱闘騒ぎになりかけた。このとき鉄の鋲《びょう》を打った棍棒で、ギーヴの頭をたたき割ろうとした男がいる。その男が扉口《とぐち》から突進してくるのを見たギーヴが半弓に矢をつがえたので、周囲の人々はみな、ギーヴが男を射るのだと思った。そうではなかった。

「女たらしの無責任な放浪者」

といってギーヴをきらう者でも、男の足もとにいたサソリの頭部をつらぬいた。否、大きく鋭い鏃《やじり》は、忌《い》みきらわれる毒虫の頭部をくだき、硬い殻《から》を四散《しさん》させた。

矢は流星のごとく飛んで、男の足もとにいたサソリの頭部をつらぬいた。否、大きく鋭い鏃は、
いあわせた人々は仰天して声も出ない。ギーヴになぐりかかろうとしていた男は血の気をうしない、棍棒を放り出すと、右手と右足、左手と左足を同時に動かしながら、酒場の外へ姿を消してしまった。やがて誰からともなく拍手がおこり、酌人《シャーキー》と呼ばれる酒場の女たちが嬌声《きょうせい》をあげてギーヴに抱きつく。

賭けをつづけたギーヴは五十枚ほどの金貨《デーナール》と二百枚以上の銀貨《ドラフム》をかせいだが、自分の

懐にいれたのは金貨《デーナール》だけだった。銀貨《ドラフム》の半分は女たちに分けてやり、残る半分は酒場の主人にくれてやって、いあわせた客に無料《ただ》で酒と食事をふるまうようはからった。歓呼《かんこ》の声に送られて酒場を出たギーヴは、気分よく馬を進めるうち、道に迷ってしまったのだ。

いかにいいかげんなギーヴでも、空に太陽さえあれば、方角をまちがうようなことはない。だが、慈愛に満《み》ちたアシ女神も、どうやら不信心者に対してすこし懲罰《ちょうばつ》の必要を感じたもうたようである。黒い雲が低くたれこめて、強風が砂礫《されき》を飛ばしはじめた。しかたなく大きな岩の蔭《かげ》で半日をすごし、風がおさまったところでまた馬を進めたのだが。東へ向かったつもりが南へ来てしまったことに気づいたのは、落日を右手に見たからである。

十頭ほどの騾馬《らば》に荷を積んだ旅商人の一家に出会い、バダフシャーン地方にはいりこんだことを知った。バダフシャーンといえば、先王アンドラゴラス三世の王妃で国王《シャーオ》アルスラーンにとって公式の母君にあたるタハミーネの出身地である。現在、タハミーネは「王太后《おうたいこう》」の称号を得てこの地に隠棲《いんせい》している。

「王太后陛下の動静《どうせい》を調査せよ」

そのような命令を、ギーヴは誰からも受けていたわけではない。すすんでタハミーネに謁見《えっけん》したいと思っていたわけでもなかった。だから素知らぬ表情《かお》で「プラタナスの園《バーゲ・チナール》」を出ていけば、それですんだかもしれない。

ところが、何かがギーヴの耳と足を引っぱって、彼の動きをとめたのだ。それは酒場で聞いた噂話で、地上のどこにもいる種族の男からもたらされた。酒の量で舌の動きが左右されるという種族である。王太后の館に出入りする果物商人の店で働いているということだった。

「十日ほど前からのことだが、王太后さまのお館に、ひとりの女が住みこむようになったんだ。やたらと背が高くて、髪が短いんだが、長い棒を持っていて……」

王太后の侍女が外出して五、六人の無頼漢《ぶらいかん》どもにおそわれたとき、それを救った。無頼漢どもは半死半生の目にあわされた。侍女の報告で、王太后は「やたらと背の高い女」を館に呼び、会話した後、そのまま住まわせているのだ、という。

話を聞いたギーヴは、おしゃべりな男にあらたな麦酒《フカー》をおごってやった。

「そのやたらと背の高い女とやらの素姓《すじょう》はわからないのかね」

「さあ、それはさっぱり。ただ、王太后さまはえらくその女がお気に入りで、ご寝所《しんじょ》にも出入りさせるし、身辺の警護などすっかりまかせておいでだとさ」

平均的な男より背が高く、短髪で能《よ》く棒を使う女。そう聴けば、ギーヴとしては、ひとつの影を想起《そうき》せざるをえない。ハマームルの谷で偽領主《にせりょうしゅ》のケルマインにつかえていた女だ。名はたしかレイラといった。

「十日も早く着いているとはな。さては、おれの先まわりをしていたのかな」

とは、きわめて不正確な認識である。正しくは、レイラがハマームルの谷を出奔《しゅっぽん》した後、ギーヴが各処《あちこち》でむだに時を費《ついや》していただけのことであった。

II

バダフシャーン総督は、紅玉《ラアル》や銀の鉱山を管理する立場上、パルス国内外の商人たちと関係が深い。正式の俸給の他、鉱山からあがる莫大《ばくだい》な利益のいくらかは歩合《ぶあい》として懐中《ふところ》にいれることができるし、商人たちからの献金もあるから、ずいぶんありがたい地位なのであった。

「総督になるなら、ギランかバダフシャーン」

といわれるのももっともで、悪事をはたらかなくとも充分に富を得ることができた。

バダフシャーン総督のもとへ王都から巡検使《アムル》が派遣されるべき理由は、いくらでも考えられた。

「悪徳商人と結託して私腹《しふく》を肥やしてはいないか」

「鉱山で働く坑夫たちを虐待していないか」

「旧バダフシャーン公国を再興しようとする一派の動きをつかんでいるか」

さまざまな経緯《いきさつ》があったにせよ、パルスが武力でバダフシャーン公国を併合したことはたしかな事実だから、先王アンドラゴラス三世の御宇《みよ》には、警戒もしたし、住民の懐柔《かいじゅう》にもつとめたものだ。

何万人という坑夫たちにしてみれば、べつに旧バダフシャーン公国に対する忠誠心などない。パルス領になったとき、それまで坑夫たちを虐待していた鉱山監督が、見せしめで何人も死刑になり、以後は俸給も休暇も増えたから、パルス領になって何の不満もなかった。ルシタニアの侵攻当時も、叛乱や暴動などいっさい発生せず、それどころか当時の王太子アルスラーンの檄《げき》に応じて、一万人以上の坑夫が刀や棍棒を手に馳《は》せ参じたものである。彼らは歩兵として参戦したのだが、鉱山で働いていた技術や体験を生かし、攻城《こうじょう》や陣地構築など、工兵としても功績をあげた。

このようにバダフシャーンは独特の歴史や風土を持っている。人々が話す言葉はもちろんパルス語だが、方言には、隣国シンドゥラで使われる単語もまじっており、鉱山にからむ説話なども多かった。

現在のバダフシャーン総督はシャガードという。ミスル国で黄金仮面をかぶせられていた人物とは、同名の別人である。年齢も五十に近く、赤い鬚《ひげ》をたくわえているので、「赤鬚シャガード」と呼ばれていた。

赤鬚シャガードは宰相《フラマータール》ルーシャンの旧《ふる》くからの知人で、アルスラーンが王太子としてルシタニア追討の軍をおこしたとき、馳《は》せ参じて歩兵一万五千をひきいる将軍となった。とりたてて武勲をあげることはなかった。というより、パルス人としてはめずらしく乗馬が拙劣《へた》で、第二次アトロパテネ会戦で負傷したのも、走り出した馬から転落してしまったからである。

武将としては二流だが、名家の出身にしてはさまざまな実務に通じ、穏健な性格で人望もあるので、アルスラーンの即位後、バダフシャーン総督の地位を得た。今日まで、何の問題もなく、要務《ようむ》をはたしている。

ギーヴが総督府に出向くと、赤鬚シャガードは、ちょうど紅玉研磨《ラアルけんま》工場の視察からもどってきたところだった。四人でかつぐ輿《こし》に乗っているのは、乗馬が苦手《にがて》なことを自覚しているからである。

巡検使《アムル》の証明たる円章《メダル》を見せて、ギーヴはすぐ総督のもとへ案内された。ふと見ると、案内に立つ男には左腕がなく、廊下で灯火に油を補給している男は杖で身体をささえている。

　これは赤鬚シャガードが、かつて自分のもとで戦って身体を損《そこ》ねた老兵たちを総督府に勤めさせ、俸給をあたえているからだった。

「なるほど、よくできた人物で、人望があるのも当然だが、傷病兵ばかりだと、実戦のときには、すこしこころもとないな」

　この土地が魔軍に急襲されることがないよう祈りながら、ギーヴは赤鬚シャガードに対面したが、これは何ということもなく短時間で終わった。赤鬚シャガードはレイラの件についていちおう知ってはいたが、王太后の生活には極力、干渉しないようにしているとのことであった。彼はギーヴの求めに応じ、王太后府の執事長にあてて紹介状を書いてくれた。

　王太后府は湖をへだててヘルマンドスの南にあり、ほぼ正方形の敷地で、一辺が二アマージ（一アマージは約二百五十メートル）をこす。プラタナスの林にかこまれ、湖から水路を引いて大きな池をつくり、薔薇《ばら》やチューリップ《ラーレ》の花園がひろがる。池のほとりに大理石づくりの四阿《あずまや》があり、そこにすわって水鳥や魚をながめていれば、オアシスの周囲が砂漠であるという事実を忘れてしまいそうだ。

　この宏壮《こうそう》な館は、かつてバダフシャーン公の離宮であった。タハミーネがアンドラゴラス三世によって王都エクバターナへつれ去られると、放置されていたが、アルスラーンの登極《とうきよく》に前後して、タハミーネはここにもどってきた。建物にも庭園にも手が入れられ、往年の華麗さはうしなわれたままであるものの、荘重《そうちょう》さは回復された。タハミーネがもどってきて四年、彼女につかえる男女の数は二百人をこす。

侍女や従僕《じゅうぼく》たちに対して、タハミーネはとくに優しくもないが、冷酷でもない。身分とか階級とかいうものに、自覚的ではないのだった。王妃として儀式にのぞむことはなくなったが、私生活の習慣は以前と変わらない。

それが反映したのか、侍女や従僕たちも、女主人に対して礼儀を守り、忠実につかえてはいたが、生命がけで護《まも》ろうとするほどの愛情をおぼえてはいない。大過《たいか》なく日常をすごすことを旨《むね》としている。

こうして、王都エクバターナや港市ギランとは異《こと》なった時間の流れが、王太后府をつつんでいた。アルスラーン即位以前、さらにはルシタニア侵攻以前の、パルス旧王朝時代からの時が、断絶もなく、変化もなく、そのままつづいているかのようである。

七月十日のこと。湖の北、つまりヘルマンドスから、一ファルサングの湖上を渡って一艘《そう》の舟がやって来た。この舟に乗っていたのが巡検使《アムル》ギーヴである。

客を迎えた王太后府の執事長は、すでに七十歳に近い白髪の人物だった。旧バダフシャーン公国のころからこの館をあずかっており、タハミーネとは三十年のつきあいになる。きわだった才気は持ちあわせていないが、隠棲する王太后の世話をするのに、才気ある野心家ほど適《む》かない者はいない。

「おお、はるばる王都から参《まい》られたか」

その老人、カトルネアスは赤鬚シャガードからの書簡を受けとり、王都からの巡検使《アムル》を緊張して迎えた。国王《シャーオ》アルスラーンの治世《ちせい》となってからはじめてのことだし、巡検使《アムル》などという者は他人のあらさがしばかりする人種だとも思っていたので、かなり用心していたことはたしかである。

老執事長の前にあらわれたのは、まだ二十代半ばと見える青年で、その姿を見た王太后の侍女たちが思わず嬌声《きようせい》をあげたほどの色男だった。侍女たちの生活といえば、平穏かつ退屈、たまにヘルマンドスの街に日帰りで遊びに出かけるぐらいが娯《たの》しみなのである。薄い灰色の日常に、王都からまばゆい極彩色の鳥が飛びこんできたようなものだ。

彼女たちに向かってギーヴがうやうやしく礼をほどこすと、嬌声は一段と高まり、いきなり断ち切られた。中年の、おそろしいほど美しい女神像めいた女性が、ギーヴの正面にあらわれたからである。

「これはこれは、王妃さま、いや、王太后陛下。おひさしゅうございます」

その気になれば、ギーヴは地上の男でもっとも優雅にふるまい、しゃべることができる。ただしその言動に誠意が感じられるかどうかは、また別の問題である。

五年ぶりに再会したギーヴを、タハミーネは冷然と迎えた。王都エクバターナがルシタニア軍に攻囲されたとき以来である。

「あいかわらずのお美しさ、感服《かんぷく》つかまつりました。そちらにひかえるご婦人も……」

ギーヴが視線を動かした先に、レイラがいる。ハマームルの谷にいたころと、衣服も変わらず、長い棒を床についている。

「……お元気そうで、いや、何より」

レイラは不審そうにギーヴを見やったが、一瞬の間をおいて、表情に刃がひらめいた。ギーヴの顔をおぼえていたのである。

彼女の手に力がはいり、長い棒がわずかに揺れるのを、ギーヴは愉快そうにながめやった。

III

「アルスラーンからの挨拶は、たしかに受けました。用がすんだならお帰り。長い旅路になろうゆえ、早々に出立するほうがよいでしょう」

「国王《シャーオ》にご伝言はございませんか」

「妾《わたくし》は息災《そくさい》ゆえ心配は無用。そうおつたえなさい」

王太后の冷淡さに、いっそのことギーヴは感心してしまう。ひとかけらの情愛があるふりすらしようとしない。冬の砂漠さながら、乾ききったひややかさで告げると、タハミーネは背を向けた。

王太后に、レイラがつづこうとする。

「お待ちあれ、王太后陛下」

ギーヴが呼びかけた。床から立ちあがる動作は、優雅なばかりではない。ことさら発散させる鋭気に感応《かんのう》して、身体ごと振り向いたレイラが棒をかまえなおした。

オクサス領主ムンズィル卿の館で、レイラはファランギースと闘った。ギーヴはそれを目撃している。ファランギースが闘ってレイラの棒術を見切ったように、ギーヴは闘わずしてそれを見切った。いま躍りかかって一刀のもとに斃《たお》すのは可能だ。

「お側《そば》におつかえするそのご婦人、正体をご存じであられますか」

タハミーネが顔だけを動かす。肩ごしの冷たい視線がギーヴをとらえた。

「妾の近侍《きんじ》に対して、そなたごときが口を差しはさむのか。僭越《せんえつ》であろう」

「僭越は承知。巡検使《アムル》として糾明《きゅうめい》いたしたき儀あり、職権をもってお引き渡しをお願い申しあげます」

王太后は長いこと沈黙していた。ようやく、心にさだめることがあったのか、身体をひるがえす。ギーヴに歩み寄り、耳もとでささやいた。

「そなたが知っていようはずもないが、あのレイラという娘は、妾の実の娘かもしれぬのじゃ」

人によっては、足もとに落雷したような衝撃をおぼえたであろう。驚愕の叫びをあげてもよいほどである。

ギーヴはわずかに口を開いたが、声を出さずにすぐ閉じた。無言のままタハミーネを凝視する眼が、「ご乱心《らんしん》か」と、ひややかに問いかけている。

タハミーネは呼吸と声調《せいちょう》をととのえ、ささやきをつづけた。

「妾は実の子から引き離された。存じておるやもしれぬが、女児だったゆえ、先王陛下の御意《ぎょい》にかなわず、わが手から奪《と》りあげられたのじゃ」

先王、すなわちアンドラゴラス三世のことである。タハミーネの産んだ女児は、ミスル神の姿を彫りこんだ銀の腕環をつけて神殿に棄てられた。そこまではタハミーネは探り出したものの、今日までわが子との再会をはたしていない。それだけを楽しみに、故郷で隠棲をつづけてきたのである。

「だから、あの娘の正体は、妾自身でたしかめたい。まことにわが子であれば……」

「だったら、どうなさいます、王太后陛下。あの娘をパルスの王位に即《つ》けようとのご所存ですかな」

ギーヴの声は冷静というより冷酷であった。

王太后タハミーネは、両眼に怒気《どき》の炎を燃やし、声に嵐をはらませた。

「いつそのようなことを妾がいうた!?」

「失礼、心の耳が心の声を聴いたような気がいたしましたので。錯覚であれば、けっこうなことでござる」

タハミーネはひとつ息を吸いこみ、吐き出した。

「あの娘のほうから、そう申したわけでもない。あの娘自身は、あずかり知らぬことじゃ」

「口に出さぬからと申して、そう思ってないとはかぎりませんでしょうなあ」

ひとつひとつギーヴは意地悪な反応をしてみせる。アルスラーンの近臣たちが王太后タハミーネに対して抱く懐《おも》いは、単純ではない。同情はあるのだが、アルスラーンが形式上の母であるタハミーネから愛情を受けてこなかったということを知っているので、王太后に対して、虚心《きょしん》ではいられなかった。ギーヴでさえも。

「あの娘に関して、そなたと話しあう必要などない。アルスラーンの命令でもあると申すのか」

「いえ」

口では簡潔に答えるギーヴであった。

「いずれにしても、あのレイラが王太后のもとにいるとなれば、どうせ遠からず騒ぎがおこる。ここは巡検使《アムル》として見すごすわけにはいかんな」

公務にはきわめて不熱心な男だが、そう考えて、引きさがる気にはなれないでいる。

一方、王太后タハミーネは、ギーヴを客人として遇《ぐう》する気などない。もともと彼に用があるわけでもなく、謁見する意思すらなかったのだ。

「アルスラーンの命令もないのであれば、そなたに何の権限もない。さっさとお帰り」

巡検使《アムル》の身分を振りかざせば、ギーヴが王太后府にとどまることは可能だが、一方、王太后府を治外法権《ちがいほうけん》の場として国王《シャーオ》アルスラーンがさだめた、という事実もある。無理を押しとおしても得るところはないであろう。

「ふふん、おれもずいぶん、立場とやらを考慮するようになったものだ」

自嘲やら照《て》れやら、自分でもよくわからない台詞《せりふ》をつぶやくと、ギーヴは、老執事長を安心させてやることにした。老執事長のほうを見る。

「どうも王太后陛下のご気分を害したてまつったようで、恐縮のかぎり。退散して今宵《こよい》はヘルマンドスに宿をとり、明朝、エクバターナへ出立いたします。ご迷惑をおかけした」

慇懃《いんぎん》にそう告げて王太后府を出た。

待たせておいた小舟で湖を渡る。そしてヘルマンドスに宿をとった、までは真実だったが、夜になって王太后府の塀をこえ、なかに忍びこんだのは、タハミーネに対して虚言《いつわり》をいったことになる。もちろんギーヴは、すこしも罪悪感などおぼえていない。

爽涼《そうりょう》たる夏の夜であった。微風に乗って花の香りがただよってくる。場合によっては花の香りが血の匂いに一変《いっぺん》することもあるだろう。

ギーヴは建物に近づいたが、侵入する必要はなかった。庭の一角に、男と女の会話する声を聞いたからだ。慎重に、風下から忍び寄る。枝と葉ごしに人影が見えた。男と女。女はレイラだが、男の容貌と名はギーヴの知識にない。

レイラは女性としてはずばぬけた長身で、平均《なみ》の男と較《くら》べても背が高い。相手の男は筋《きん》骨《こつ》たくましく、均整がとれているが、中背である。対面すると、レイラが相手の男をすこし見おろす形になる。

そのことを、相手の男はいっこうに気にしないようであった。礼儀も遠慮もなく、じろじろとレイラの全身を見まわす。好色というのではない。騎馬民族の男が、駿馬《しゅんめ》を品さだめする眼つきであった。

レイラのほうも、男女間の情愛だの欲望だのとは無縁に見える。両眼に妖《あや》しい光があって、それはファランギースやアルフリードと知りあったときの快活さとは無縁のものだが、さりとて色っぽいというわけでもない。人ならぬものが人ならぬものと触角をもってふれあうかのような、異質の交感がおこなわれているのだった。

「イルテリシュさま……」

レイラの口が動き、そう呼びかけた。これでギーヴは男の名を知った。聴いた名であるような気もしたが、これまでギーヴと縁の深い人物ではない。名のひびきからして、トゥラーン人であろうと推測する。

ギーヴはイルテリシュと直接、対面したことがないのだ。だが、闇をすかしてひとめ見ただけで、危険きわまりない人物であることを察した。両眼には灼熱した光があって、ギーヴの苛烈《かれつ》な闘志の上に、妖気の霧をまとっている。両眼には灼熱した光があって、ギーヴのように放胆な男でさえ、夜の帳《とばり》ごしににらみつけられたような気がした。

「これほど色気のない密会ははじめてだが、それにしてもこいつは剣呑《けんのん》だな。正直なところ、あまり近づきたくないぞ」

心につぶやきながら、ギーヴは足音もたてず二歩ほど後退した。相手に所在《しょざい》をさとられることを避けたのだ。

イルテリシュとかいう男とは互角に闘える。レイラには勝てる。だが、両者を同時に相手どるのは危険すぎる。そうギーヴは計算した。さてどう対処するか。考えつつギーヴは夜の庭に身をひそめつづけた。

IV

ジャスワントとイスファーンの両将が、東方の要衝《ようしょう》ペシャワールを出立したのは七月五日のことである。騎兵五百をひきい、大陸公路を王都エクバターナへ向かったのであった。

五百騎のうち三十騎ほどはペシャワールの惨烈《さんれつ》な攻防戦で負傷している。重傷者はペシャワールで加療《かりょう》しているので、軽傷者だけではあるが、強行軍は避けねばならなかった。また、途中で、蛇王ザッハークの噂に怯《おび》える人々をなだめ、ペシャワールを強襲《きょうしゅう》した魔軍が撃退されたことを告知して、人心の動揺をふせがねばならない。

そのため、町や村ごとに代表者や役人《ダールーゲ》を呼んで事情を知らせ、今後のことに指示をあたえた。負傷者のうち、騎行《きこう》に耐えられぬ者も出てきたので、介抱《かいほう》にあたる者と費用をつけて民家にあずける必要もあった。それやこれやで、人数が四十名ほど減少した状態で、クーファという町に着いたのだ。

ひととおり役人《ダールーゲ》たちとの話をすませた後、

「誰か、あやしい人物がこのあたりに出没してはいないか」

ジャスワントがそう問いかけたのは、イルテリシュのことが念頭《ねんとう》にあったからである。

「心あたりがあったら聴かせてくれ。多少ばかばかしい噂でもかまわぬ」

これもイルテリシュが空を飛んで出現することを意識してのことだったが、意外な話が出てきた。

「そういえば、あの男……」

幾人かが異口同音《いくどうおん》に話し出したのは、つい先日、酒場で騒ぎをおこした旅人のことである。女たらし、琵琶《ウード》、賭博《とばく》、弓の神技、そういった言葉が並べたてられた。

ふたりは顔を見あわせた。

「イスファーン卿、どう思う？」

「何やら、我らの知人にそういう男がいたような気がするな」

「女たらしの旅の楽士というだけなら、他にもいるだろうが……」

「女たらしの弓の名人というだけなら、他にもいるだろうが……」

「その両方となると」

「パルス広しといえど、他にはいないだろうな」

ふたりは不安をおぼえた。ギーヴが巡検使《アムル》として活動しているかどうかは知らない。だが、デマヴァント山とペシャワールで生《しょう》じたことを思えば、何ごとが生《しょう》じても不思議はなかった。

イスファーンが提案した。

「ジャスワント卿、おぬしは部隊をひきいて王都へ還り、アルスラーン陛下に復命《ふくめい》申しあげてくれぬか」

「それで、おぬしはどうするのだ」

「どうも気になる。ギーヴ卿のあとを追って、合流してみようと思うのだが」

ジャスワントは即答《そくとう》せず、すこし考えた。彼もギーヴの後を追ってみたい気がするが、それでは部隊を統率する者がいなくなる。もちろん統制のゆきとどいた精鋭ゆえ、年長の士官に指揮をゆだねてもよいのだが、将軍がふたりとも不在になるのは無責任だろう。

「わかった。ギーヴ卿のことはおぬしにまかせて、おれは予定どおり王都へ還ろう」

「かってをいって、申しわけない」

「それはよいが、兵はどうする？　五十騎ほどもつれていくか」

「いや、このさい一兵もいらぬ」

頭《かぶり》を振って、イスファーンは、足もとにひかえる土星《カイヴァーン》を見おろした。

「こいつがいてくれればいい」

「なるほど、ではそちらはまかせた。くれぐれも魔物どもには気をつけてくれ」

こうしてイスファーンは馬首を南へ向けた。

東から来た自分たちがギーヴに出会わなかった以上、彼は南か北へいったはずであるが、北にはギーヴの気を引きそうなものはない。土星《カイヴァーン》ともども、すぐバダフシャーン地方へはいった。どうやら彼のほうがギーヴより心がけがよかったものと見えて、砂嵐や驟雨《しゅうう》に悩まされることもなく、道に迷うこともなく、まっすぐに「プラタナスの園《バーゲ・チナール》」に到着した。

土地の豊かさに感心しながら、水路に沿った街道を通り、ヘルマンドスに着く。とりあえず宿をとったのは、日没がせまっていたからだ。浴室で旅塵《りょじん》を洗い流し、土星《カイヴァーン》も洗ってやると、夕食をとるために街へ出た。夕食はもちろん宿でもとれるが、ギーヴの消息を集める必要がある。「女のいる酒場」をさがすのが一番だ、と、イスファーンは承知していた。それに、総督府はお役所だから、緊急でないかぎり夜の訪問は避けたほうがよい。

ることにした。

「犬をつれてはいらないでくれ」

といわれ、人と狼の主従《しゅじゅう》はいささか傷ついて、市場《バザール》の閉店まぎわの露店《ろてん》で食事をとることにした。

「この街のやつらは、犬と狼の区別もつかんらしい。砂漠のなかなんかで育つと、物識《ものし》らずになるもんだ」

腹立ちまぎれの悪口をいいながら、土星《カイヴァーン》のために、骨つきの羊肉をひと塊《かたまり》注文する。自分のためには、麦酒《フカー》を一杯、それにポロワをかけた白米飯《チエロウ》、羊肉と玉葱《たまねぎ》の串焼きをたのんだ。

食べつつ飲みつつ、屋台の親父《おやじ》に話を聴く。イスファーンは消息をあつめるのがそれほど得意ではないが、金貨《デーナール》一枚あれば商売人の口は軽くなるものである。

「ほら、あそこ、あの店を出てきた娘っ子がいるでがしょ？　あの娘っ子はこの街の生まれ育ちで、いまじゃ王太后府につとめてましてね。何か知ってるかもしれませんぜ」

「そうか、かたじけない」

イスファーンは最後に柘榴《ざくろ》の果汁《ジュース》を注文し、あわただしく飲みほした。これは羊肉や玉葱の匂いを消すためだ。

「釣銭はいらん」

「気前のいいお客さまに、ラクシュミー神のご加護《かご》を」

親父の声を背に、イスファーンと土星《カイヴァーン》は小走りに市場《バザール》を通りぬけ、「娘っ子」を追いかけた。

十七歳ぐらいの娘だ。黒い髪を紗《しや》の布につつみ、襟《えり》や袖口に濃い青の縁どりをした水色の服を着ている。だいじそうに、小さな油紙の包みをかかえていた。

「もし、そこのご婦人」

さりげなく声をかけたつもりだったが、娘は愕然《ぎよつ》としたように振り向き、歩みをとめぬまま、通行人に衝突した。包みが宙に飛んで開き、中身が地にばらまかれる。何かの破片のような紅《あか》いものが散乱した。

あわててひろいあつめにかかる娘を、イスファーンはてつだうはめになった。

「これは何だ」

「ラ、紅玉《ラアル》の屑《くず》です。研磨《けんま》したときに出る削り屑《けず》」

「そんなものをどうする気か」

「こ、こんなものでも、集めて櫛《くし》なんかの材料にすれば、いくらかのお金銭《かね》になりますもの。むだにすることはありませんでしょ」

「どうやって手にいれた？」

「盗んだものではありません。あのお店の人に頼んで廉《やす》く譲ってもらったんです」

「それならいい。ほら、これで全部あつまったはずだ。もう落とすな」

「ど、どうもありがとうございます」

彼女はヘルマンドス城内に居住する下級官吏《かんり》の娘で、名をアイーシャといった。父親はもとバダフシャーン公につかえ、現在では総督府に勤めている。俸給はそこそこ受けとっているが、子どもの数は多いし、病気の老父母をかかえて、生活は楽ではなかった。

アイーシャは十一歳のころには神殿で女神官見習い《カーヒーナ》をはじめた。アイーシャの食費は老父母の医療費にまわるようになった。ただ、これでは口べらしにはなっても、収入がなくて実家に仕送りができない。

四年ほど前、アイーシャが十三歳になったとき、王太后タハミーネがこの土地に隠棲《いんせい》するようになって、身元のたしかな侍女が募集された。アイーシャはそれに飛びつき、神々のご加護あってか、めでたく採用されたのである。

ささやかな幸福といえるだろう。王太后府につかえていれば衣食住の心配はないし、銀貨《ドラフム》で俸給も支払われるから、将来の結婚費用をたくわえることもできる。アイーシャの場合、俸給はほとんど彼女の掌《てのひら》の上を素通りして、湖の向こうの実家へと送られてしまうのだったが、感謝する家族の笑顔を見るのは、アイーシャの喜びだった。

アイーシャはなかなか容姿《ようし》のととのった娘で、だからこそ王太后府につとめることができたのだが、男とは無縁だった。言い寄る男は王太后府の内外にいくらでもいたのだが、求愛に成功した者はひとりもいない。

「あたしはお金持ちでなければいいや」

これはまず両親や祖父母の生活を楽にしてやりたい、という心情からであり、ついでに、軽々しく手を出そうとする男どもをしりぞける手段でもあった。「金銭にこだわるいやな女だ」と悪口をいわれれば傷つきもするが、それはしかたないと思っている。

イスファーンは比較的大きな舟をやとい、土星《カイヴァーン》と愛馬、それにアイーシャを乗せて湖を渡った。すでに夜の帳《とばり》が降りて湖面は暗いが、金貨《デーナール》を受けとった船頭は張りきって舟を進めていく。無事に着けばもう一枚、といわれているから、なおさらのことだ。

乗客としてはやることもなく、舟のなかで会話をかわすうち、アイーシャが自分の哲学を語った。

「よい世の中というのは、必要なとき必要な人々に必要なだけお金銭《かね》がまわってくるような世の中だと思います」

変なことをいう娘だ、と、イスファーンは思った。王国会計総監《スパンデイヤード》のパティアスが聞けば、

賛成の拍手をしたにちがいないが、武人であるイスファーンは、亡き異母兄から、

「武人たる者は金銭にこだわるものではない。国に対する忠誠と、弱い者を護《まも》ってやる心がけこそがたいせつだ」

と訓《おし》えられ、心からそれを是《ぜ》としているのであった。

「それにしても、この土地で、紅玉《ラアル》でなく緑玉《エメラルド》を産していればよかったですね」

「どうして？」

「あら、ご存じなかったのですか。芸香《ヘンルーダ》が魔よけにいいのは知られてますけど、緑玉《エメラルド》もそうなのですよ。神殿にいたころ教わりました」

「そうか、緑玉《エメラルド》も魔よけになるのか。しかし、これは大量に集めて国じゅうにばらまくというわけにはいかんなあ」

冗談のつもりでいったのではないが、イスファーンの台詞《せりふ》や口調が可笑《おか》しかったらしく、アイーシャは口もとをほころばせた。と思うと、いきなり緊張感が弾《はじ》け飛んだのか、笑声がこぼれ、大きくなり、とまらなくなる。

あきれて見守るイスファーンの前で、アイーシャは口をおさえ、身をもんで、涙が出るまで笑いつづけた。

「ご、ごめんなさい。わたし、できるだけ笑わないようにしているのです。いちど笑い出

すと止まらないので、王太后さまからぶたれたこともあって……」

ようやく笑いがとまったころ、舟は岸に着いた。約束どおり金貨《デーナール》をもう一枚船頭にあたえ、他言せぬよう命じて舟を帰す。

王太后府の裏口の鍵《かぎ》はアイーシャが持っていた。近くのプラタナスの幹に馬をかるくつなぎ、人と狼だけが中にはいる。

十歩もいかないうち、頭上で音がひびきわたった。

異様な音であった。グラーゼや彼の部下たちであったら、「破れかけた帆布を、渦まく風がたたくような音」に喩《たと》えたかもしれない。だがイスファーンは、その音の正体を知っていた。

「ザッハークの眷属《けんぞく》が、やはりこのあたりまで来ているらしいな」

土星《カイヴァーン》がうなり声をあげるのを制しつつ、闇を翔《か》ける黒影を、枝や葉ごしにイスファーンはにらんだ。アイーシャが声をふるわせる。

「な、何ですか、あれは」

「魔将軍《ガウマータン》だ」

イスファーンは吐きすてた。

「トゥラーンの将軍で、蛇王ザッハークと手を組んで、パルスに害をなそうとしている」

ザッハークの名が、娘に声をのませた。

イスファーンは駆け出した。猛然と、土星《カイヴァーン》がつづく。

「こちらへ来るな！」

投げかけられた声に、アイーシャが立ちすくむ。

イスファーンは駆けた。前方が展《ひら》けた。ひとりの男がひざをついた姿勢から立ちあがろうとしている。その頭上から黒影が急降下し、鉤爪《かぎづめ》でおそいかかるところだ。男の横顔が、夜目のきくイスファーンにはかなりはっきり見えた。ギーヴである。

V

イスファーンの弓術は、ギーヴに一段も二段も劣る。だが、このさい神技を披露《ひろう》する必要はない。五十ガズ先の敵の身体に命中させればよいので、そのていどはイスファーンにとって容易なことだった。

イスファーンは半弓を横にして腰の位置にかまえ、矢をつがえた。鏃《やじり》を左前方へ向け、右手で弦を引きしぼる。馬上での速射《そくしや》または連射《れんしや》に適した姿勢から射放すと、弦は低く鋭く闘いの曲を奏《かな》でた。

ギーヴの頭上で、闇がひるがえった。濁音《だくおん》だらけの悲鳴が短くひびくと、闇の一部が大きなかたまりとなって落下し、ギーヴの足もとで鈍い音をたてる。

落下した有翼猿鬼《アフラ・ヴィラーダ》は一度もがいたが、二度めのもがきの前にギーヴの剣が疾《はし》って、永遠に動きをとめた。

ギーヴの眼は、怪物の鎖骨《さこつ》のあたりに突き立った矢を認めた。草を踏む足音がして、救いの主が姿をあらわす。

「パルスの風紀のためには、おぬしのほうを討ちとっておくべきだったかな」

イスファーンが皮肉っぽくいうと、ギーヴは薄く笑って一礼した。剣を鞘《さや》に納《おさ》める。

「お言葉だが、こいつを即死させられんようでは、おれを討ちとることはできんよ。もうすこし高い位置に、仰角《ぎょうかく》で射こむことだ。そうすれば顎《あご》の下から脳まで貫通できる」

これより五年前、パルス暦三二〇年十一月のこと。第一次アトロパテネ会戦において勇《ゆう》戦《せん》むなしくルシタニア軍の捕虜となった万騎長《マルズバーン》シャプールは、王都エクバターナの城門前で見せしめのため惨殺されようとした。そのとき、「パルス人の手でおれを苦痛から解放してくれ」と叫んだシャプールの願いに応じ、城壁の上から矢を放って彼を死なせてやったのがギーヴであった。

シャプールはイスファーンの異母兄であり、生命の恩人であり、武芸や戦術の師でもあった。ギーヴがやったことを、イスファーンは怨んではいないが、だからといって感謝する気にもなれないのは、ギーヴの言行《げんこう》がいろいろと気にくわないからである。

「それにしても、こんなところで何をしていたのだ、ギーヴ卿」

「おぬしこそ何をしている？　ここへ来る用があるとは聴いておらんぞ」

「それはおたがいさまだ」

「そうだな、だとしたら、おたがい聴く必要もなかろう」

話が嚙《か》みあわない。というより、ギーヴにあしらわれていることを感じて、イスファーンは腹を立てた。すると土星《カイヴァーン》が低くうなる。育ての親の命令一下、いつでもギーヴの足首に嚙《か》みつこうという構え。

「ほう、こいつは牡《おす》だな、おれをきらってる」

ギーヴが失笑したとき、不意に周囲が明るくなった。松明《たいまつ》の群れが近づいてきたのだ。炎を受けて光る槍も幾本か。衛兵や老執事長をともない、ふたりの前に出現したのは、豪《ごう》奢《しゃ》によそおった中年の美女であった。

「こ、これは王太后陛下……！」

パルス王室に対する礼節《れいせつ》という点において、イスファーンはギーヴの百万倍も上まわる。王太后とは初対面だが、時と場所を考えれば疑う余地もなく、地に片ひざをついた。

「土星《カイヴァーン》、御前であるぞ、ひかえよ！」

育ての親に厳しくいわれて、剽悍《ひょうかん》な少年期の狼までが、かしこまった。四肢《しし》をそろえ、頭を低くして地に伏せる。その横でギーヴも表情を消して片ひざをつく。ずっと後ろでひざまずいたアイーシャの姿には、タハミーネは気づいたかどうか。

「そなたは何者か」

「亡き万騎長《マルズバーン》シャプールの弟にて、イスファーンと申します。国王《シャーオ》アルスラーン陛下より統制官《ミフラーン》に叙任していただきました」

亡きシャプールの名を耳にして、王太后タハミーネはごくわずかに柳眉《りゅうび》をひそめた。記憶がよみがえったとしても、愉快な記憶ではなかった。彼女はイスファーンを見おろし、何やら考えついたようである。

「イスファーン卿」

「ははっ」

「パルス国の廷臣たるそなたに、王太后として命じます。ギーヴ卿をお斬りなさい」

「……は!?」

「この不逞《ふてい》な男は、夜、許しもなく王太后府に侵入いたしました。その挙動《きょどう》、不審のきわみ。死に値します。そなたの手で、この慮外者《りょがいもの》を処断なさい」

イスファーンは頭をさげて動揺の表情を隠した。ギーヴは慮外者にちがいないが、無断で侵入した点ではイスファーンも同罪だし、王太后の命令も乱暴すぎる。礼節を保《たも》ちつつ拒絶する方法を考えて、イスファーンの脳裏《のうり》に、ある思案《しあん》がひらめいた。

「はっ、王太后陛下のご命令とあらば、否《いな》やはございません」

「ギーヴを斬るのじゃな」

「はっ、されどここで斬りすてては、王太后陛下のお住居《すまい》が血で汚れ、御眼《おんめ》の穢《けが》れともなりましょう。裏で処刑して、後刻《のちほど》、復命に参上いたしたく存じたてまつります」

イスファーンはギーヴをにらみつけ、手を差し出した。

「こら、観念して剣をよこせ。せめてもの慈悲、きさま自身の剣で首を斬ってやる」

ギーヴの顔のなかで、いくつかの表情が動いたが、無言のまま腰の剣をはずしてイスファーンに渡した。しかつめらしい表情で、イスファーンが剣を受けとる。

「ではさっさと歩け、慮外者め」

イスファーンは左手に剣を持ち、右手でギーヴの襟《えり》をつかむと、先に立てて歩き出した。

通常このていどの演技《しばい》で通用するはずはないのだが、平常心をうしなった王太后タハミーネはレイラにしか関心がないようだ。踵《きびす》を返して建物へ向かうと、侍女や衛兵たちも女主人につづいた。最後尾に、アイーシャがさりげなく加わっている。

「断末魔《だんまつま》の悲鳴をあげたほうがよいかな、イスファーン卿？」

「やかましい、それこそ耳の穢れだ」

ふたりは広大な裏庭へ歩み入った。暗い樹蔭で、イスファーンがギーヴに剣を返す。ギーヴは剣を身につけ、手短かに事情を説明した。

「……というわけだが、腕環など外《はず》すこともできるし売買することもできる。おなじ意匠《デザイン》のものをつくることもできる。絶対的な証拠になど、とてもなりはせん」

「だが、王太后陛下は、レイラなる女性をわが子と信じておられるのだな」

「正確にいうと、信じているのではなくて、信じたいのだ」

「そいつはやっかいだなあ。イルテリシュを討つ機会ではあるが……」

バダフシャーンの大半の土地は不毛だが、豊沃なオアシスによって何十万かの人口を養うことができる。また有名な紅玉《ラアル》を産する他、銀や銅などの鉱山も多く、それらの資源を諸外国に輸出すれば、充分に一国を成立させることができる。

事実、パルスに併合されるまで、バダフシャーンは独立した公国だったのだ。

「もし王太后タハミーネが、これらの富を背景として、東のシンドゥラと結盟《けつめい》し、レイラを正嫡《せいちゃく》のパルス女王として推《お》したてたらどうなるか。かてて加えて、レイラが、トゥラーンの再興を謀《はか》るイルテリシュと結ばれでもしたら、こいつはめんどうなことになるぞ」

ギーヴとイスファーンが、どちらかひとりだけであったら、ここまでは想像しなかったであろう。ふたりで討議し、刺激しあったからこそ、ここまで思いいたることができたのだ。しかも、その想像の、何と不吉なことであろう。

イスファーンは蒼《あお》ざめてしまったし、ギーヴでさえ薄笑いを消してしまった。

「笑いごとではないぞ、イスファーン卿」

「おぬしにいわれるのは不本意だが、まことに、笑いごとではないな」

VI

ときおり建物のほうを見ながら、夜の庭でふたりは相談をつづけた。ギーヴがいう。

「要するに、王太后タハミーネ、レイラ、イルテリシュ、この三者が結びつきあっているからよくないのだ。その結びつきを断《た》てば、当面の危機は去る」

「たしかにそうだが、どうやって断《た》つ？」

「おぬし、何か知恵はないのか」

「そういわれても……ああ、いまここに宮廷画家どのがいてくだされればなあ」

イスファーンは大きく溜息をつく。育ての親の困惑ぶりを見て、土星《カイヴァーン》が小さく鼻を鳴らし、軍靴《ぐんか》に頬をこすりつけた。イスファーンの掌《てのひら》が狼の頭をなでる。

「おれが思いつくのは、何としてもイルテリシュを討ちはたす、それぐらいだな。まったく、あのトゥラーン人めが、どこまでパルスと国王《シャーオ》陛下にたたる気か！」

「イルテリシュについてはよく知らんが、おぬしの話ではずいぶんしたたかなやつらしいな」

ギーヴとイスファーンがふたりがかりであれば、イルテリシュを討ちはたすことは、もちろん可能だ。イスファーンがイルテリシュと斬りあう間に、ギーヴが矢を射かければ、容易に目的はかなうだろう。しかし、そうなったとき、王太后タハミーネやレイラがどう出るか。

さすがにギーヴにも判断がつかなかった。端的《たんてき》にいえば、王太后やレイラが何と思おうと、どう出ようと、ギーヴはいっこうにかまわない。だが、事情を知ったときの国王《シャーオ》アルスラーンの心情を思うと、ギーヴとしても、いささか考慮せざるをえない。そのことに気づいて、ギーヴは舌打ちした。

「まったく、実の母親でもないのに、そう孝養《こうよう》をつくす必要もないさ。母親らしいことをしてもらったわけでもなし」

「アルスラーン陛下は、ああいうお方だから」

と、イスファーンは弁護の口調になる。アルスラーンの非情に徹しきれぬ甘さは、為政《いせい》者《しゃ》としては欠点であろうが、近臣たちはそこに、これまでの国王《シャーオ》にはなかったものを感じていた。

「ま、王太后の御前で血を流すのは最後の手段だ。もっとおだやかな結末もある」

「それは？」

「イルテリシュがレイラをつれて、どこかへ姿を消してしまえばいい」

「どこかとは？」

「おれに尋《き》くな。デマヴァント山の地底か、いずれにしても地獄の近くだろう」

ギーヴは肩をすくめて夜空を見あげた。いますぐに頭上から兇悪な敵がおそってくるようすはないが、油断はできない。いまいましいことに、敵は、高い塀を乗りこえてくる必要がないのだ。

土星《カイヴァーン》の頭をなでながら、イスファーンが小首をかしげた。

「それはいいが、どうやってイルテリシュをこちらの思惑《おもわく》どおりに動かすのだ？」

イスファーンの問いかけに対し、

「べつに細工《さいく》をする必要はない」

ギーヴは明快である。

「やつはザッハークの手下になりさがっているのだからな。すぐ化けの皮がはがれるさ。かるくつついてやるだけで、すぐ臭《くさ》い息を吐き出すだろうよ」

「そうだな」

「そして、イルテリシュとレイラが王太后の眼のとどかぬ場所にいってしまえば、どう料理しようとこちらの自由だ。王太后には、やつらがどこか遠くで幸せに暮らしている、と思わせておけばいい。めでたしめでたしだ」

おだやかどころか、辛辣《しんらつ》きわまるギーヴの思案である。イスファーンはあきれたものの、けっして反対ではなかった。イルテリシュを討ちとって火星《バハーラム》や兵士たちの仇をとることができるなら、詭道《きどう》もやむをえぬ、と思う。ただ、イスファーンの性格として、敵とはいえ女を斬ることができるかどうか、あやしいものだった。

アルスラーンの腹心たちが物騒《ぶっそう》な相談をまとめていたころ、王太后府の東翼の二階では、タハミーネとレイラが向かいあっていた。

王太后の寝所である。天蓋《てんがい》のついた豪華な寝台はこれまで部屋にひとつだけだったが、いま扉の近くにもうひとつの寝台が置かれている。レイラのためにととのえられたものである。

これまで男の衛兵たちは二階に上ることも許されなかったのだが、レイラは女であり、棒術の達人でもあるという理由で、特権をあたえられた。王太后とおなじ部屋に寝て、そのかわり朝まで王太后の身辺を護衛するというわけだ。

王太后は円卓に着き、天鵞絨《びろうど》張りの椅子に腰をおろしていた。円卓をへだててレイラが立っている。やや茫然として円卓を見おろしていた。円卓は虹色の光彩にあふれ、平らな面は見えない。金剛石《ダイヤモンド》、青玉《サファイア》、紅玉《ラアル》、緑玉《エメラルド》、黄玉《トパーズ》、真珠、翡翠《ひすい》……算《かぞ》えきれぬほどの宝石が無造作に投げ出されている。

それらの宝石を見て、なぜかレイラがひるんだ。嫌悪《けんお》と忌避《きひ》の色が恐怖寸前にまで濃くなり、小さく二度、息を吐く。レイラは一歩しりぞき、額から頬へつたわる汗が灯火に光った。

タハミーネが気づかうような眼を向ける。

「レイラ、どうしたのです?」

「……いえ、べつに、王太后陛下」

「それならよいが、さあ、おいで、これらを全部そなたにあげましょう」

「………」

「妾《わたくし》はもう世を棄《す》てたも同然。惜しくはない。そなたには女王のような風格がある。化粧して身を飾れば、世を圧するほどに美しくなろう。さあ、受けとりなさい。ほら、とくにこの緑玉《エメラルド》のみごとなこと」

タハミーネが、ひときわ大きな緑玉《エメラルド》を差し出す。レイラが頭を横に振り、さらに一歩さがる。その背後で扉が開かれた。

はいってきたのはアイーシャをふくめた三人の侍女で、王太后のために寝酒を運んできたのだ。温めた葡萄酒《ナビード》に蜂蜜と白水蓮《ファルファル》の汁を加えたものだが、奇妙な光景を見て立ちすくむ。三人の侍女のうしろから顔を出した老執事長も同様だ。

何かに気づいたようすで、アイーシャが叫んだ。

「王太后さま、その女は魔物でございます！」

レイラが後方へ跳《と》んだ。棒をつかみなおす。凍結がとけると、一瞬で全身に猛気《もうき》をみなぎらせる。

タハミーネが怒声《どせい》を発した。

「何を申すか、この小娘、無礼なことをいうとただではすまぬぞ。正気をうしなったか」

「いえ、王太后さま、蛇王ザッハークの眷属《けんぞく》は緑玉《エメラルド》を忌みきらう、と、そう神殿で教わりました。その女が緑玉《エメラルド》を手にすることができぬのは、蛇王の一党だからでございます」

蛇王ザッハークの名が電流となって一同を撃った。うしろからアイーシャの肩をつかもうとしていた老執事長も顔色を変えている。

「そ、そうであった。蛇王とその手下どもは、芸香《ヘンルーダ》と緑玉《エメラルド》を忌みきらうと聞いたことがある」

老執事長がいい終えないうちに、王太后タハミーネが動いた。緑玉《エメラルド》を床に放り投げて、あらあらしく立ちあがる。白い繊手《せんしゅ》がひらめいたかと思うと、アイーシャの頬が鳴りひびいた。

「よけいなことを、この小娘！」

理不尽《りふじん》な暴力をこうむったアイーシャは、痛みよりもおどろきで、何やら獅子《シール》の咆哮《ほうこう》に気死《きし》した兎《うさぎ》みたいにひっくりかえってしまった。侍女たちが悲鳴をあげる。それには目もくれず、タハミーネはレイラに向きなおった。

「レイラ、レイラ、妾が悪かった。そなたが緑玉《エメラルド》をきらうなら、受けとる必要もない。さあ、真珠も青玉《サファイア》も紅玉《ラアル》もたくさんあるゆえ、こちらを好きなだけおとり」

両手に宝石をすくいあげ、立ちつくすレイラに向かって差し出す。その異様なありさまに、老執事長も茫然として声が出ない。

タハミーネがレイラの空《あ》いた左手に宝石を押しつけようとしたとき、鋭い獣のうなり声がおこった。人の叫びも生《しょう》じる。開かれたままの扉から、暗褐色《あんかっしょく》の毛皮のかたまりが飛びこんできて、床を二歩蹴ると、疾風のごとくレイラに躍りかかった。土星《カイヴァーン》であった。

王太后の手から宝石の雨が床に降りそそぐ。

レイラの棒がうなりを生じ、風をおこす。

土星《カイヴァーン》はかわした。だが完全にはかわしきれなかった。長く伸びた棒の先端が尻尾をかすめて、土星《カイヴァーン》はつんのめり、前肢《まえあし》だけで床に着地すると、一回転してひっくりかえった。レイラの棒がふたたびうなり、土星《カイヴァーン》の頭部に撃ちおろされる。寸前、土星《カイヴァーン》の身にべつの身体がおおいかぶさった。棒はその肩から背中にかけ、一撃をあびせる。

痛みのあまり声もなく、土星《カイヴァーン》を抱いたままころがったのはアイーシャだった。まともに受ければ背骨がくだかれていたかもしれない。レイラは、扉を蹴破るように躍りこんできた人影に気をとられ、手もとをくるわせたのである。

「ザッハークの眷属《けんぞく》、そこを動くな！」

叫びとともに剣を疾《はし》らせたのはイスファーンだった。レイラが長身をひるがえし、棒を突き出す。戛然《かつぜん》と火花が散って、両者の位置が入れかわった。

王太后が叫んだ。

「レイラに手を出してはならぬ。無礼は恕《ゆる》さぬ。ひかえよ！」

「王太后陛下！」

イスファーンは声をはげました。

「その女性がまことに王太后陛下のご息女《そくじょ》であられれば、何じょうもって蛇王ザッハークごときの一党に身を堕《お》とされましょうや。そやつは蛇王の眷属たる正体を匿《かく》し、王太后陛下のご好意を利用して、パルス国に害をなそうとしておりまするぞ！」

じつのところ、そこまでレイラが意図的にタハミーネをたぶらかしたとまでは、イスファーンは思っていない。だが、タハミーネを納得させるためには、強烈な一言が必要だと思った。

イスファーンは失敗した。王太后タハミーネは納得しなかったのだ。

「そんな証拠がどこにあるのか」

「証拠と申しましょうか、ギーヴ卿の証言が……」

「ギーヴ？　ギーヴはもう死んだのではないか？」

失言をさとって、イスファーンが口を閉ざす。

レイラが身がまえている。棒を腰の高さにかまえ、身体を右に開き、左手を前に、右手を後ろに。彼女の灼熱した視線がとらえたのは、生きた幽霊の姿だった。扉をふさぐように、ギーヴがあらわれたのだ。

振りかえってその姿を確認し、王太后タハミーネがあえいだ。

ギーヴは無言で剣を抜き放った。こうなったら、一撃でレイラを斬ってすてるつもりである。

イスファーンと異《こと》なり、ギーヴは、王太后タハミーネについて顧慮《こりょ》する気はない。弁明の必要も感じない。レイラが蛇王ザッハークの眷属となり、アルスラーンに敵対するなら、王太后が納得しようがしまいが、斬ってすてるだけのことであった。

ギーヴという男のすさまじさは、外見や日ごろの言行からはとても想像できない。レイラが王太后の実子であるという可能性を承知しながら、いったん決意すると、レイラを斬ることに、まったくためらいを持たないのである。

「王太后の実子だとして、それがどうした」

と、ギーヴは口には出さぬ。口に出しはしないが、ゆるやかに剣尖《けんせん》を舞わしつつ、すべるような足どりでレイラに近づいていく姿は、獲物に跳《と》びかかる寸前の豹《ひょう》を連想させた。

立ちつくしたまま、レイラは動けない。

「レイラ、お逃げ!」

叫び声は王太后タハミーネの口からほとばしった。王太后は床に散乱した宝石を踏みつけながら走り寄り、レイラとギーヴの間に身を投げ出したのだ。

レイラの心臓をつらぬくべく、電光と化して突き出された細身の刃は、王太后の胸にまさに突き刺さろうとする。

寸前。

金属音が鋭く人々の鼓膜を突き刺した。ギーヴの剣は空中で停止している。跳躍したイスファーンが手首をひるがえし、自分の剣でギーヴの剣をさえぎったのだ。イスファーンは、王太后タハミーネの生命を救うと同時に、ギーヴを王太后殺害の汚名から救ったのである。

タハミーネは床に倒れこんだ。豪奢な絹服の下で宝石がころがる。

「誰かある！　王太后陛下をご介抱《かいほう》申しあげよ！」

あわただしい人声と足音が乱れ立った。タハミーネの口から激しい音が洩れたが、声か息づかいか判然としない。

あえて聴きわけることをせず、イスファーンは、執事長や侍女に王太后の身をゆだねると、床を蹴って走り出した。すでにギーヴは猛禽《もうきん》のごとく疾駆している。レイラはまさに二階の窓から身を躍らせたところだった。

Ⅶ

窓の外に黒いかたまりが浮き、うごめいている。それが籃《かご》に乗ったイルテリシュであると最初に悟ったのはイスファーンだった。彼は窓枠《まどわく》に手をかけ、飛鳥と化して地上に舞いおりた。地上にいた衛兵が何か叫んで駆け寄ってくる。

「槍を貸せ！」

あわてて差し出された槍を、半ば引ったくると、イスファーンは右肩の上にそれをかざし、三歩ほど助走して思いきり投《とう》じた。

夜風を引き裂いて槍が飛ぶ。

空中で叫喚《きようかん》がとどろいた。有翼猿鬼《アフラ・ヴイラーダ》の一匹が、胴体を槍でつらぬかれたのだ。背中に突き刺さった槍は、怪物の背骨をくだいて胸から穂先を飛び出させた。

有翼猿鬼《アフラ・ヴイラーダ》は籃を吊りさげる綱から両手を放した。胸から飛び出した穂先をつかみ、空中で大きくのけぞる。大きく開いた口から、苦悶と憎悪の声がほとばしり、月へ向かって血のかたまりが吐き出された。

皮の翼で夜気をたたきながら、串刺《くしざ》しにされた有翼猿鬼《アフラ・ヴイラーダ》は奇怪に身をよじらせつつ、地上へ舞い落ちていく。

その間、イルテリシュを乗せた籃は大きくかたむき、失速していた。籃を吊《つ》りさげていた三匹の怪物のうち、一匹が消えたのだから当然のことだ。

馬蹄《ばてい》のひびきが、夜の闇を蹴破った。イルテリシュは籃の底を踏みしめ、綱をつかんで転落をまぬがれている。

「イルテリシュ、今度こそ逃がさんぞ！」

王太后府の門をあけさせ、塀の外に隠しておいた馬に飛び乗って、イスファーンが駆けつけたのだ。追いすがるように、ギーヴも馬を飛ばしてくる。ギーヴのほうは王太后府の厩《うまや》から一番よい馬を引き出してきたのだった。もちろん無断で。

籃は二匹の有翼猿鬼《アフラ・ヴィラーダ》によってかろうじて吊りさげられていたが、高度はぐんぐん下《さが》り、底がほとんど地面に着きそうになった。籃の内部で立っているイルテリシュと、鞍上《あんじょう》のイスファーンやギーヴとで、視線の高さがほぼおなじになっている。

幅の広い道だ。イルテリシュの籃を左右からはさんで、イスファーンとギーヴが並走《へいそう》しても、なおゆとりがあった。道の両側はプラタナスの並木が黒々とつらなっている。

右からギーヴが、左からイスファーンが、閃々《せんせん》と剣をもって斬りつける。籃の縁から木片が飛び、綱が苦しげにきしんだ。

空は黒く暗く、ギーヴもイスファーンもイルテリシュを討ちとることに全力をそそいでいた。ために、頭上へ急降下してくるもうひとつの籃に気がつかなかった。皮の翼が空気をたたく音も、撃ちかわす刃のひびき、地を鳴らす馬蹄のとどろき、馬のいななき等にかき消されたのである。

したがって、レイラが上空から猛然と棒を撃ちおろしたとき、イスファーンの頭部はまるで無防備だった。

運は誰に味方したのか。イスファーンの乗馬が路上の石を蹴って、ほんのわずか姿勢をくずした。イスファーンの剣はイルテリシュの頸部《けいぶ》をねらって指一本の幅でとどかず、空を斬った。そしてレイラの棒はイスファーンの耳をかすめ、灼《や》けるような痛みをあたえたが、もちろん致命傷にはほど遠い。

イルテリシュが哄笑《こうしょう》する。

トゥラーン人の両手が、レイラの乗った鞍の縁《ふち》にかかっていた。強靭《きょうじん》なばねを利して、イルテリシュは自分の身体を軽々と引きあげた。空中で鞍から鞍へと乗りうつったのだ。

この間、二頭の馬は疾駆をつづけている。

地形が平坦で道幅が広いとはいえ、夜間にこれほどの速度で馬を走らせ、しかも馬上で剣をふるっているのだ。騎手としても剣士としても、ギーヴとイスファーンとがいかに非凡であるか、敵手であるイルテリシュがそのことを認めた。

「なかなかやるな、パルス人！」

地上へ賞賛の言葉を投げ落とす。

「だが、いつまでもお遊びの相手はしておられぬ。おれの用はもうすんだ。王妃を手にいれた。トゥラーンを再興し、大陸公路を征服し、おれの子に覇権をつがせるのだ」

「たいした世迷言《よまいごと》だな。トゥラーン人はいつから夢を食って生きるようになった？」

「何とでもいえ。きさまらがパルス国王の臣下なら、王宮へいって告げるがいい。近いうちにイルテリシュが玉座をもらいにいく、とな！」

イルテリシュとレイラの乗った籃は、六匹の有翼猿鬼《アフラ・ヴィラーダ》に吊りさげられていた。一本の太い綱を二匹で持っているのだ。哄笑が夜空の奥へと遠ざかっていく。イルテリシュがひとりで乗っていた籃は地上に放り出され、二匹の怪物は主人を追って逃げ去ったようだ。

「逃げ上手《じょうず》なやつだ」

ギーヴが舌打ちすると、イスファーンが鞍の前輪をたたいてくやしがった。

「二度も逃《のが》してしまった。二度も！　火星《バハーラム》、ゆるせ」

土星《カイヴァーン》も口惜しげに長く咆《ほ》える。ペシャワールにつづいて、この地でも兄弟の仇をとりそこねたのだ。

「ま、考えてみれば、当初の思惑どおりだ。やつらは遠くで幸せになる。ただし、長い間ではありえんさ」

つぶやいたギーヴが不審そうに僚将《りょうしょう》を見やった。イスファーンが馬首をめぐらせたのだ。

「どこへいく、イスファーン卿？」

「きまっている。王太后府へもどる」

「何をしに？」

ギーヴの問いに、イスファーンは眉をあげた。

「ことの次第《しだい》を王太后陛下にご報告申しあげねばならんだろう」

「よせよせ」

ギーヴは顔の前で手を振った。

「事実を報告したところで、王太后の心痛《しんつう》を強めるばかりだ。かといって、適当に嘘《うそ》をつけば、後になってこまる。だいたい、もどったとたんに、王太后が興奮して、斬れとか首を絞《し》めろとかいいだすぞ」

充分にありえる話で、イスファーンも反駁《はんばく》しようがなかった。

「では、どうするのだ」

「別にどうもせんさ。このまま馬を進めて、『プラタナスの園《バーゲ・チナール》』を出る」

「逃げるのか!?」

「人聞きの悪いことをいうな。追われているわけではないから、逃げることにはならん。離れるだけだ」

「そのほうがいいと思います」

若い女の声がした。土星《カイヴァーン》がひと声あげると、尻尾を振りながら走り寄る。騾馬《らば》に乗った娘の姿を見て、イスファーンがおどろきの声をあげた。

「アイーシャどの、なぜこんなところにいる!?」

騾馬がぜいぜい息を切らしているところを見ると、騾馬なりに全力疾走してきたらしい。いたわるように手でなでて、アイーシャが地面におりた。まじめくさって答える。

「王太后府を追い出されました。帰ったら、王太后さまのご命令で殺されます。往《い》く先がありません」

「そ、それは気の毒なことになったな」

イスファーンは想い出した。先刻、王太后府でレイラの棒から身をもって土星《カイヴァーン》を救ってくれたのは、この変わり者の娘だったではないか。いま彼女を突き放すのは、忘恩《ぼうおん》のふるまいというものである。

「わかった、ではいっしょに来なさい。王都であなたの職場と住居を見つけてあげよう」

「王都へつれていってくださるのですか」

アイーシャの双眸《そうぼう》がかがやいた。

「ありがとうございます。わたし、きっとお役に立ちます。家計の切りもりはおまかせくださいね。むだをはぶけば、収入が増えなくても、暮らしは豊かになりますっ」

「いや、ま、それはいいから……」

イスファーンたちの会話を聞きながら、ギーヴは思案した。このバダフシャーンで体験したことを、ファランギースやアルフリードに語るべきであろうか。一時的にせよレイラはたしかに彼女たちの友人だったのだ。

「ま、陛下にはご報告申しあげるしかないなあ。めんどうなことになりそうだったら、宮廷画家どのの悪知恵で処置をつけてもらうさ」

三人の人間、一匹の狼、二頭の馬、一頭の騾馬。いきあう者がつい注視《ちゅうし》したくなる奇妙な一行は、七月十四日、ジャスワントのひきいる一隊と合流をはたした。

そして七月二十四日に、王都エクバターナに帰還したのである。すでに空飛ぶ使者「告死天使《アズライール》」は王都にもどっており、ファランギースとアルフリードも十日ほど前に帰還をはたしていた。国王《シャーオ》アルスラーンは両手をあげて、ギーヴ、ジャスワント、イスファーンの三将を迎えたのである。

第四章　暗黒神殿

I

パルス暦三二五年七月二十七日。

「盛夏四旬節《フローラム・チエツレ》」もそろそろ終わりに近い。王都エクバターナの周辺では、八月にはいると晩夏の雰囲気がただよいはじめる。酒場では、寒くなる前に麦酒《フカー》を売りつくしてしまおうと値引きがはじまるし、市場にも梨や葡萄《ぶどう》が出まわるようになる。

この時期、クバードとメルレインの両将は、ペシャワール城塞に在《あ》って戦後処理にあたっている。

グラーゼとトゥースの両将は海路をとって七月二十五日にギランの港に到着した。そこで七日間滞在して準備をととのえ、大量の芸香《ヘンルーダ》を車に積み、陸路をとって王都エクバターナへ向かう。到着予定は八月十日ごろとされていた。

したがって、七月二十七日現在、王都に在るのは、キシュワード、ダリューン、ナルサス、エラム、ファランギース、アルフリード、ザラーヴァント、ジムサ、ジャスワント、イスファーン、ギーヴの十一将であった。

この十一将が、七月末にはじつにあわただしく、たがいに訪問したり対面したりしている。ひとりが辞去《じきょ》すると、べつのひとりがやって来て話を聴きたがり、おなじ話を何度もすることになる。これでは面倒《めんどう》な上にむだが多い、という声があがりはじめた。

「全員、一堂に会せよ。今月三十日、報告会を開いて、重要な情報を共有《きょうゆう》する」

大将軍《エーラーン》キシュワードから諸将に通達があったのが七月二十七日である。適切な指示であったが、要するにキシュワード自身が、往《い》ったり来たり、聴いたり話したりの繁雑《はんざつ》さにたまりかねたのだ。国王《シャーオ》アルスラーンに許可を求めたところ、若い主君も似たような気分のところだったので、即座に承諾をあたえた。

「王宮のどの部屋でも自由に使ってくれ」

会議のための部屋は、王宮内にはいくらでもある。空《あき》部屋だらけなのだ。

アルスラーンの「宮廷」は、先王アンドラゴラス三世のそれに較《くら》べて、十分の一の規模もない。アンドラゴラス三世にしたところで、ことさら奢侈《しゃし》を誇示するような君主でもなかった。王妃タハミーネと、彼女につかえた女官たちがいなくなると、後宮《ハレム》も使われず、窓に灯火がともることもなくなってしまった。

アルスラーンが質素すぎるのである。私生活のための部屋など、寝所と居間と浴室があれば充分と思っている。即位後、彼は王宮の一部分を修築はした。いくら何でも、荒廃した謁見《えっけん》用大広間をそのままにはしておけなかったし、工事をすることで多くの人々に仕事と賃金をあたえることができるからだ。

宰相《フラマータール》ルーシャンは、これまで何十回も何百回も、若い国王《シャーオ》に進言してきた。

「おとなりのラジェンドラ王ていどの贅沢《ぜいたく》はなさっていただきませんと、各国の使者たちの目にどう映《うつ》るやらしれませんぞ」

引きあいに出されたシンドゥラ国王《ラージャ》ラジェンドラ二世にしても、人生を充分に愉《たの》しんでいるとはいえ、君主として度のすぎた贅沢をしているわけではない。あくまでも国家の財政が許す範囲でのことである。

ルーシャンの進言に、アルスラーンは苦笑で応《こた》えた。

「ラジェンドラどのは贅沢をやってもさまになるが、私には似あわないよ」

「慣れれば似あうようになります。そもそも上が質素すぎますと、下々の者とて生活を愉しみにくくなるものです」

なるほど、たしかにそうかもしれない。アルスラーンはうなずいたが、結局のところ彼には、簡素な生活にともなう身軽さのほうが性《しょう》に合うのだった。黄金の檻《おり》に閉じこめられるのを好まず、自分の足でどこへでもいきたがって、ルーシャンやエラムをはらはらさせた。

ちなみにエラムの肩書《かたがき》は「侍衛長《ケシュタク》」である。パルス旧王室の最盛時には五千人から一万人の警護の兵士を指揮する身分であったが、現在の実情といえば、国王の話し相手をつとめつつ、せいぜい百人を統率するていどだった。

パルス暦三二五年七月二十七日といえば、ミスル国においてヒルメスが幼少の新王を擁《よう》立《りつ》した翌々日のことである。王都エクバターナではミスル国の情勢など誰も知らない。せいぜい国境の向こうで警備兵たちがざわついているように感じられるぐらいのことだった。一夜にしてミスルの国権を強奪したヒルメスのほうも、パルスの情勢など知らない。たがいにそれどころではなかったのだ。

アルスラーンが最初に知ったのは、デマヴァント山およびペシャワールをめぐって展開された魔軍との戦いに関してであった。この第一報は、空路、勇敢で働き者の「告死天使《アズライール》」によってもたらされたのだ。

告死天使《アズライール》が王宮の露台《バルコニー》に舞いおりたのは七月五日午前のことで、万騎長《マルズバーン》にして大将軍格たるクバードからの書状は長文ではなかったが、凄惨《せいさん》な攻防戦の結末についてはアルスラーンは早く知ることができた。

精確《せいかく》に途中経過を知るには、攻防戦に参加した諸将の帰還を待たねばならなかったのだが、かなり皮肉なことに、おなじ七月五日の午後、ソレイマニエを経由した急使が王都の城門へ駆けこんで来た。

ラートウルという名の急使は、全身、汗と砂塵にまみれ、芸香《ヘンルーダ》の匂いも人の鼻ではほとんど気づかないていどになっていた。差し出された水瓶をひと息に空《から》にすると、

「何とぞ一日も早い援軍を願いあげます」

そう告げたが、

「安心しろ、もうペシャワールは救われたぞ」

大将軍《エーラーン》キシュワードが耳もとで告げると、小さな叫びをあげ、そのまま意識をうしなってしまった。

キシュワードとダリューン、それにナルサスの三人を親しく招いて、アルスラーンは告げた。

「犠牲が出たのは残念だが、クバードは最善をつくした。何ぴとであろうと、クバード以上の指揮と統率ができたとは思えない。クバードは多くの兵を死なせた罪で、みずから処罰を申し出てきたが、私は賞をあたえたいくらいだ」

三将は国王《シャーオ》に賛同しつつも、賞は後日のこととしてクバードの行動をすべて承認する、という線で話をまとめた。ナルサスが発言する。

「クバードの功績は、ペシャワールを守りぬいた点だけにあるのではない。イルテリシュに向かって、ペシャワールを未来永劫《えいごう》わたさぬ、と言明《げんめい》したこと、これが大きい」

ダリューンが首をかしげた。

「それが功か」

「大功だ」

「ふむ、クバード卿の発言は、武人としてまことにあざやか、わが軍の決意を知らしめるものだったとおれも思う。ただ、だからといってイルテリシュがペシャワール攻略を断念するとも思えん。むしろ意地になって、何としてもペシャワールを手にいれようとするだろう」

「だからいいのさ」

それだけいって、ナルサスは笑っている。

こいつ何かたくらんでいるな。アルスラーンもダリューンもキシュワードもおなじことを考え、おなじようにそれ以上の質問を避けた。時機が来れば語るが、時機が来ないかぎりは一言も語らない男であることは、よくわかっている。神算《しんさん》か奸智《かんち》かは測れないが、ナルサスの脳裏でそれが佳《よ》い葡萄酒《ナビード》のように熟成するまで待つべきであった。

「告死天使《アズライール》をこき使うのは気が引けるゆえ、人間の使者を立てるしかないが、できるだけ早くクバードにこちらの決定を伝えるとしよう。必要な物資があれば送らなくてはならないし、ナルサス、文面を考えてくれるか」

「かしこまりました、陛下、明朝には持参いたします」

「それにしても……」

アルスラーンは窓ごしの視線を空に送った。深みをました碧空《あおぞら》を、細長い雲が走っていく。

「ジムサやギーヴの報告どおり、トゥラーン国のイルテリシュは、たしかに生きていたのだな」

四人は地図をかこんで坐《ざ》していた。パルスの地図だ。旧トゥラーン国境のあたりからペシャワール、旧バダフシャーン地方まで赤い線が引かれている。イルテリシュの出現した土地に点を打ち、それを線でつないだのだ。

つまりイルテリシュは、パルス国の東部を北から南へ、ほぼ縦断して活動したことになる。

「ギーヴやおれより、このトゥラーン人のほうが、よほど働き者だ」

ナルサスは冗談のつもりでいったのだが、

「まったくだ」

ダリューンが真剣にうなずいてみせたので、アルスラーンとキシュワードが笑い出し、ナルサスは怒ることもできなくなった。

「ま、世の中にはむだ働きということもあるからな。愚か者のすることだとは、拙劣《へた》な負け惜しみである。

「いま、やつはどこにいるのだろう」

キシュワードが自問するようにつぶやくと、合計四対の視線が地図に落ちた。パルス東部に南北に引かれた赤い線。その線上のどこかにイルテリシュはひそんでいるのか。

キシュワードの声がつづく。

「イルテリシュは、勇猛で奇略も統率力もあり、戦えばたしかにやっかいな相手だ」

ジムサにはじまり、クバード、トゥース、メルレイン、ジャスワント、イスファーン、ギーヴと合計七人ものパルス軍の驍将《ぎょうしょう》が武器をまじえて、ついに斃《たお》しそこねたのである。

「ずいぶん逃げ上手《じょうず》になったものだ。その道だけは修業をつんだと見える」

ダリューンの声にナルサスが応じる。

「だが、イルテリシュにも欠点がある」

「それは？」

「戦わずにすませる、ということができぬ点だ。これに、ペシャワールへの執念を加えれば、あの男を料理することができる」
それだけいうと、ナルサスはふたたび口を閉ざした。

II

こうして七月三十日、王宮に十一将が参上して報告会が開かれることになった。ただ、この朝アルスラーンが最初に謁見した相手は、王墓管理官《ニザル・ハラーフル》の地位に在《あ》るフィルダスである。彼は前年十二月以来、アンドラゴラス三世の遺体を奪った犯人を捜索していたが、成果があがらず、万策《ばんさく》つきて引責辞任を申し出てきたのだ。

「陵墓荒らしの犯人が未《いま》だ判明しないのは残念だが、もともと王墓管理官《ニザル・ハラーフル》の職務はべつにある。フィルダスは辞任におよばず。引きつづきその職に在《あ》るべし」

アルスラーンはそう命じ、むしろフィルダスの労をねぎらった。フィルダスは何度も床に額をこすりつけた。

アルスラーンが寛容の君主であったことは事実だが、一方で別の現実もある。ルシタニアの大侵攻によってパルスは多くの人材をうしない、五年ていどではその欠乏をおぎなうことはできなかった。決定的な失敗を犯したわけでもない者を、いちいち辞めさせていては、後任がいなくなるのだ。

フィルダスは国王の寛仁《かんじん》に感激して退出していったが、大将軍《エーラーン》キシュワードはそれを見送って、横に立つダリューンに低い声で話しかけた。

「サーム卿やシャプール卿が健在だったら、と思うことがある。イルテリシュごとき恐れる必要もないものを」

「彼らがいてくれれば、たしかに心づよいが、ギーヴやメルレインのような連中とはあまりうまくいかんだろうな」

「たしかに」

うなずいてから、キシュワードは美髯《びぜん》のあたりに苦笑をたたえた。

「ルシタニアの大侵攻以来、パルス軍の人材の質が変わったな。おれはまだ三十四歳だが、何やらずいぶん年齢《とし》をくったような気がするぞ」

「そういう台詞《せりふ》は、ご子息《アイヤール》が成人してからいうものだ」

「ふむ、そうだな」

ほどなく諸将がつぎつぎと王宮に参上し、報告会の席に招《しょう》じ入れられた。

「陛下らしい」

と、ジャスワントやアルフリードが嬉しがったことに、アルスラーンは上座に着いたりしなかった。直径四ガズほどの円形に十三の座を設けて、出席者が胡坐《あぐら》をかいてすわるようにしたのである。さすがに、国王《シャーオ》の左側には宰相《フラマータール》ルーシャンが、右側には大将軍《エーラーン》キシュワードがすわって、強《し》いていえばそのあたりが上座といえなくもない。だが国王《シャーオ》の正面には軍師ナルサスがすわり、その隣にはダリューンがいるから、こちらも下座とは呼べないだろう。

全員の着座を見ると、アルスラーンから左へ、ルーシャン、ジャスワント、ジムサ、ザラーヴァント、ダリューン、ナルサス、アルフリード、ファランギース、ギーヴ、イスファーン、エラム、キシュワードという順になる。窓は開放され、心地よい風が吹きこんでくるが、敵襲にそなえ、扉の外にも庭にも、さらには屋根の上にまで警備の兵士たちが配置された。

午前中にはじまった報告会は、昼食をはさんで夕方近くまでつづいた。これによって、出席者たちは多くの情報を共有し、整理することができた。

ミスル国におけるザンデの死。オクサス領主ムンズィル、すなわちザラーヴァントの父の横死《おうし》。デマヴァント山地下迷宮での戦闘。ペシャワール城塞の攻防。旧バダフシャーン領「プラタナスの園《バーゲ・チナール》」における怪異……。

ひとりが報告するごとに、他の出席者から質問が飛び、興奮した声で討議がはじまる。

収拾《しゅうしゅう》がつかなくなりかけると、ナルサスが冷静に議論をまとめ、要点を整理する。

ムンズィルの死については、息子であるザラーヴァントはすでに知っていた。国王《シャーオ》の御前で、ファランギースやアルフリードから聴いたのだ。だから、この三十日の報告会では、あらためて報告を聴いても感情を激させるようなことはなかった。だが、肉の分厚《ぶあつ》い肩が落ち、背中が丸くなっている姿を見ると、イスファーンやジャスワントなどは、気の毒で僚将《りょうしょう》の顔を正視《せいし》できなかった。

そのザラーヴァントが口を開いた。

「どうにも信じがたい話ですな。いや、銀の腕環のことでござる。王太后陛下のおっしゃった件が正確な事実だとしても、そのレイラとやらが、王太后のご実子だと確実にいえるのでござるか」

この件はアルスラーンの出生にもかかわるので、なかなか話題にしづらいことではある。だがアルスラーン自身から、忌憚《きたん》ない意見をかわすよう強い指示があったので、諸将はそれぞれ自分なりの意見を出した。いまの段階で、とりたてて説得力のある意見も出なかったのだが、

「おもしろい」

といったのはナルサスである。すぐさまダリューンが問いかけた。

「何がおもしろい？」

「いやさ、レイラとやらが真《まこと》に王太后の実子であったとすれば、また蛇王の血を飲んでその眷属《けんぞく》になったとすれば、蛇王を打倒した英雄王カイ・ホスローの末裔《まつえい》が仇敵《きゆうてき》に与《くみ》するということになるではないか」

ちらりとアルスラーンを見て、ダリューンが眉をしかめた。

「おもしろいですむのか」

「すむ」

冷たく冴《さ》えた表情と口調で、ナルサスは一座を見まわした。

「おもしろいですませる。それ以上、ひろげることも深めることも、このナルサスが赦《ゆる》さぬ。仮に王太后の実子が蛇王の眷属になったからとて、それがどうした。皮肉な観物《みもの》ではあるが、あくまでもパルス旧王家のこと。現在のパルス国と国王《シャーオ》に、何の関係もない」

大喝《たいかつ》がとどろいたわけではない。だが一座は氷の笞《むち》で打たれたように静まりかえった。全員の視線がナルサスに集中する。静けさを破って、ためらいがちに、アルフリードが抗議した。

「でも、レイラは好んでなったわけでは……」

「レイラとやらには、それなりの事情があろう。イルテリシュにはイルテリシュなりの理由があろう。だが、我らがそれを斟酌《しんしやく》する必要はない。やがて魔軍がこの王都にも大挙《たいきよ》して押し寄せて来るやもしれぬが、そのとき敵の陣頭にイルテリシュやレイラの姿を見た者は、ためらいなくこれを討て！」

「……………」

「もし過去の友誼《ゆうぎ》や親交《しんこう》を思い、魔軍の将を討つにためらう者があれば、それは公理《こうり》より私情を優先し、パルスに仇をなす者だ。たとえ国王《シャーオ》が寛大にお恕《ゆる》しあろうとも、このナルサスが生かしておかぬ。おぼえておいていただこう」

ナルサスの剣技が倫《たぐい》を絶した域にあることは、一同よく承知している。だが、それとは別に、鋭い論理と烈しい意志とが、歴戦の驍将たちを威服《いふく》せしめた。大将軍《エーラーン》キシュワード、ダリューン、ファランギースの三将が無言のまま両の拳《こぶし》を床につけて頭をさげると、他の諸将もいっせいにそれに倣《なら》い、軍師の指示を守ることを無言の裡《うち》に誓約《せいやく》したのである。

ただアルフリードだけがナルサスの横顔を見やって何かいいたげなようすを示したが、それも一瞬、両の拳を床につけ、誰よりも深く頭をさげた。

宮廷画家という虚名にしがみついているかのようなナルサスという人物が、大陸公路列国における随一の智将と認められる所以《ゆえん》は、鬼謀《きぼう》をふるって戦場に奇勝《きしよう》をあげる点にのみあるのではない。闇のなかに灯火をかかげて人々に正しい道を知らせる、その明哲《めいてつ》さにあるのだ、ということを、戦場に臨《のぞ》まずして諸将は再認識したのである。

「ナルサス」

沈黙を破ったのは、アルスラーンの声だ。ナルサスは彼自身が呪縛《じゅばく》から解き放たれたように、若い主君を見やって深く一礼した。

「国王《シャーオ》の御前にて、臣下の分もわきまえず、出すぎたことを申しました。どうかご処分を」

「いいのだ、ナルサス、私がいうべきことをそなたがいってくれた」

アルスラーンは、いずまいを正した。

「責任はすべて国王《シャーオ》たる私がとる。諸卿はおこたることなくナルサス卿の指示にしたがってくれ。母上にはお気の毒な結果になるやもしれぬが、いずれ私からお詫《わ》び申しあげる。だから諸卿は何の心配もいらない」

ひときわ大きな雲が空の半ばをおおい、窓からそそぎこむ陽光が翳《かげ》った。やや暗くなった座を、若い国王《シャーオ》の声が静かに流れていく。

「子として罪を負うのは悲しいが、国王《シャーオ》として罪を問われるのは、さらに辛《つら》い。母上の涙より民衆の血を重んじるのが、一国の王たる者の義務だ。そのことを私が忘れようとしたら諫《いさ》めてほしい」

このとき座にいた十一将には、さまざまな立場と心情があった。旧パルス王室につかえた経験のある者。そういう経験がない者。王太后タハミーネに対面したことがある者。対面したことがない者。かつて敵軍に在《あ》ってパルス軍と戦った者。そうでない者……。

さまざまな立場と心情を超《こ》えて、彼ら全員をつなぐ者。それが国王《シャーオ》アルスラーンであり、彼の存在こそが他の全員を結びつける。無言のうちに全員がそのことを悟り、この若い主君が余人《よじん》をもってかえがたい人であることを知ったのである。

III

一同は解散した。それぞれの者が多くの情報をかかえ、それを消化する時間を必要としていた。

アルスラーンはひとりひとりを親しく送り出すため、広間の扉口《とぐち》へ出た。一番後まで残ったのは、キシュワード、ダリューン、ナルサスの三人で、扉口に立ってアルフリードやギーヴらと会話をかわす主君の姿を見やりながら、低声《こごえ》で話をつづけた。

ナルサスがいう。

「イルテリシュは蛇王に与《くみ》したとはいえ、戦士であって策士ではないな」

「なぜそう思う？」

「王太后を人質にしなかった」

ナルサスの指摘を受けて、キシュワードとダリューンは一瞬、声をのんだ。アルスラーンの後姿を見やって、キシュワードがうめく。

「たしかに……もし王太后陛下を人質にとられたら、いかにアルスラーン陛下でも動揺なさるだろう」

「王太后府に兵を派遣して警護させるか」

ダリューンの声にナルサスが頭《かぶり》を振る。

「いや、それをおこなえば、かえって敵にこちらの弱点を教えることになりかねん。放っておけ」

「しかし、仮にだぞ、王太后がイルテリシュに害されるようなことにでもなれば……」

「そうなれば、王太后が人質にとられる心配はなくなる。またアルスラーン陛下にとって、蛇王は母君の仇ということになり、不退転《ふたいてん》の決意で戦いに臨まれることになるだろうな」

明快に答えるナルサスを、ダリューンはうたがわしげに見つめた。

「こういっては何だが、ナルサス、おぬし、そういう結果になってもかまわぬ、というよりむしろ、そういう結果になることを期待しているのではなかろうな」

「まさか。おれはそこまで人が悪くないぞ」

地上でもっとも人の悪い男は、ぬけぬけとそう応じ、大きくのびをした。

「さあ、仮定の話はほどほどにしておいて、今日は引きあげるとしよう。はるばる絹の国《セリカ》から半年がかりで上等の絵筆がとどいたそうだ」

諸将はそれぞれ家路をたどった。すでに足もとの影が長い。

大将軍《エーラーン》キシュワードはあれこれ思案にふけりながら、乗馬にわが家の門をくぐらせた。妻のナスリーンが笑顔で迎える。その傍に、ジムサが辺境からつれ帰った子どもがいて、キシュワードに深々とおじぎをした。

「こまかいの《オフルール》」と呼ばれる少女は、声をうしなったままではあったが、表情はずいぶん明るくなった。キシュワードの妻ナスリーンがいいつけるまでもなく、屋敷のなかを走りまわって、侍女たちや従僕たちの仕事をてつだう。掃除やら洗濯やら馬の世話やら。彼女が気に入ったのか、「五十年後の大将軍《エーラーン》」とおとなたちにからかわれるアイヤールも、後を追って駆けまわる。

ナスリーンは「こまかいの《オフルール》」をいずれわが家から花嫁として送り出す気になっていた。「こまかいの《オフルール》」がアイヤールを背中におぶって挨拶《あいさつ》する姿に、美髯《びぜん》の大将軍《エーラーン》は微笑し、頭をなでてやって家のなかへはいっていくのだった。

王都のあたらしい住人となったのは、「こまかいの」《オフルール》だけではない。イスファーンやギーヴに同行したアイーシャもそうである。

「一時的にも女神官《カーヒーナ》の修行をしていたというなら、わたしの家に来るといい。何かとやってもらうこともあろう」

ファランギースがアイーシャにそういうと、アルフリードもすすめたものだ。

「あたしの家に来てくれてもいいよ。修行に失敗した者どうし、話があうと思うんだ」

親近感を持ったらしいアルフリードなのだが、その点についてはファランギースは何もいわなかった。

報告会の後、アルフリードは溜息をついてファランギースに胸の裡《うち》をうったえた。

「それにしても、レイラがあんなことになったなんて……」

ギーヴやイスファーンから聴いた話が、アルフリードにはすくなからず衝撃だった。

「そなたが落胆《らくたん》することはない。そなたのせいではないのだから」

「でも、レイラはそりゃあ気持ちのいい娘《こ》だったんだよ。好きこのんで変わったのじゃなし、気の毒でたまらないよ」

「だが、ナルサス卿は正しいぞ。そう思わぬか」

「もちろん思うさ。だからよけい、やりきれないんだよ。毒に酔わされてるなら、醒《さ》めてほしいんだけどねえ」

アルフリードはナルサスと一対一で話しあいたいのだが、なかなか機会がないのだった。

アイーシャについては、話を聞いたアルスラーンも興味を持ち、彼女をつれてきたイスファーンに問いかけた。

「どんな娘なのだ」

「はっ、よくころがる娘でして」

「妙な表現だな」

「おっしゃるとおりですが、真実なのです」

アイーシャはイスファーンにはじめて声をかけられたとき、通行人と衝突してころんだし、逆上した王太后タハミーネに平手打ちされたときにも床にころがってしまった。悲鳴をあげて倒れたなら悲惨な情景になっただろうが、ころんとひっくりかえってしまったので、奇妙に乾いた印象がある。イスファーンとしては、身の振りかたを考えてやらねばならなかったが、すぐ問題は解決した。

「そのアイーシャなる娘、貴人《きじん》におつかえした経験もあることだし、王宮で働いてもらうことにいたそう。ちょうど女官のひとりが老病で倒れて職をしりぞくことになったし、欠員を埋める必要ができたでな」

宰相《フラマータール》ルーシャンがそう裁断《さいだん》し、アイーシャは騾馬《らば》をつれて王宮に移った。女官の空部屋をあたえられ、さっそく摘《つ》んだ花を飾って、あたらしい生活をはじめたのである。

ルーシャンは何よりも人望と威信によって立つ型の宰相といえるだろう。国王《シャーオ》アルスラーンが征旅《せいりょ》に出るとき、王都の留守をまもって、後顧《こうこ》の憂《うれ》いなからしめている。

内政に関しては堅実な手腕を発揮し、パルスの民心《みんしん》を安定させた功績は大きい。外交や戦略において奇謀《きぼう》をめぐらせ、劇的な成功をおさめる、という型の人物ではない。そちらは副宰相《フラマート》ナルサスにまかせ、どこまでも地道に、若い国王《シャーオ》をささえていた。アルスラーンも心からこの宰相を信頼している。君臣《くんしん》の双方にたったひとつ不満があるとしたら、「国王《シャーオ》の花嫁」に関する件だけであろう。

アルスラーンのおこなうさまざまな改革に不満な旧勢力もある。アルスラーンが先王アンドラゴラス三世の実子ではないことを誹《そし》る血統崇拝者たちもいる。ナルサスやらギーヴやらの「不逞《ふてい》な青二才ども」をきらう老貴族もいる。だが、ルーシャンが全面的にアルスラーンを支持して揺らぐことがないので、それらの声が大きくなることもなかった。

あるとき、アルスラーンが話のついでに問いかけたことがある。

「ギーヴのように好きかってなことばかりしている者は、宰相の気に入らないだろうな」

するとルーシャンは重々しく答えた。

「いやいや、ギーヴ卿を見ていると、自分の若いころを憶《おも》い出して、なつかしゅうございます」

この返答には、アルスラーンも、傍《そば》にいたエラムも驚倒《きょうとう》した。ルーシャンが話をすませて辞去すると、アルスラーンはエラムにささやいた。

「ルーシャンのいったことは、ほんとうだろうか」

「さあ、冗談ではございませんか」

「冗談だとしても、あんな冗談をいうとは思わなかったな。思えば、私の父親のような年齢なのだ。私などが測り知れないところがあって当然だが……」

ルーシャンはレイの領主ではあったが、若くして当主となったとき、財政が破綻《はたん》寸前の状態だった。王室や豪商から借金して荒野に水路を引き、流亡の民を定住させて農牧地を開いた。民にまじって自分自身も工事に参加し、民の声を聴いて改善に努《つと》めた。

二十年がかりで、彼の領地では農牧業の生産高が三倍になり、人口も二倍になった。学校も施療所《せりようしよ》もつくられ、あらゆる道路の両側に並木がととのえられた。借金は利息もふくめてきれいに完済《かんさい》された。その間、一族内で相続をめぐる争いがおこり、双方が私兵をととのえて武力で衝突する事態になったのを調停したことで、貴族社会でも評判を得た。

さまざまな事蹟《じせき》が王都エクバターナに報告され、当時の国王《シャーオ》オスロエス五世に呼び出されて宮廷書記官となった。民政を担当する部門のひとりとなって二年ほど務《つと》め、部下や民衆からの人望はあったが、宮廷内の暗闘に巻きこまれそうになったので、老母の看病を理由に領地にもどり、以後、王太子アルスラーンの檄《げき》に応じて参陣《さんじん》するまで、平穏に田舎《いなか》貴族の生活を送っていたのだ。

謹厳質実《きんげんしつじつ》な為人《ひととなり》で、「二十歳のころすでに三十歳ぐらいに見えた」という老成《ろうせい》の容貌だから、ギーヴのように浮薄《ふはく》な人生とは無縁だったはずである。それだけに、「根をはやした大木が、根のない鳥をうらやむ」というパルスのことわざを想いおこすのかもしれなかった。

ルーシャンが宰相職に在《あ》ることに、何びとも異を唱えることはない。在任四年になろうとしているが、あと五、六年は競争者も出ないだろう。じつのところルーシャンは功成《な》り名遂《と》げ、故郷がなつかしく、そろそろ辞任したいと思っていた。後任にナルサスを、と思っているのだが、どうも思惑どおりいかずにいる。

これはナルサスが悪い。もともと彼は地位や名誉には固執《こしつ》しない男で、宰相への就任にいたっては逃げまわっているくらいなのだが、「宮廷画家」の称号だけは頑《がん》として手放そうとしないのである。

「おれに宮廷画家をやめろというのは、死ねということだ」

などと、大陸公路列国で随一の智将とも思えぬ台詞《せりふ》を吐き、高価な画布や絵筆をせっせと買いこんでいる。

「世の中にあれほどむだなことがあるか」

というダリューンの声にも、そ知らぬ顔だった。

Ⅳ

オクサス領主の一族は、パルスでも屈指《くっし》の名門である。それが、当主たるムンズィル卿を喪《うしな》い、その兄であるケルマインはアルフリードによって討ちとられ、ケルマインの息子ナーマルドは行方不明となった。ほとんど一族滅亡して、健在なのはムンズィルの息子ザラーヴァントのみとなってしまった。

事情を知った国王《シャーオ》アルスラーンは、処理のため帰郷するようザラーヴァントに勧《すす》めたが、彼は強く辞退した。王都周辺でいくつもの公共工事が並行して進められており、それらを指揮する身で帰郷はできない、というのである。

「帰りたくないのだな。むりもない」

と、アルスラーンは察し、それ以上はザラーヴァントに帰郷を勧めなかった。ただ、若いくせに苦労人の一面を持つこの国王《シャーオ》は、すぐ宰相《フラマータール》ルーシャンに指示して、オクサス地方の領主権をザラーヴァントに相続させるよう手配し、その日のうちに新領主に国王直筆の認可状をあたえた。

ザラーヴァントは認可状を押しいただくと、大声を放って泣いた。国王の心づかいに感激したのだが、同時に、父親やら一族やらの悲惨な最期を思い、少年時代や故郷の風景やらを想いおこして感情があふれ出したのであろう。家に帰っても盛大《せいだい》に泣いているので、使用人たちは同情しつつも閉口した。

ザラーヴァントは正式に妻帯《さいたい》してはいないが、彼の身辺を世話し、家政を管理している女性がいる。ギュリアナという名で、家僕《かぼく》のハリムに指示を出した。

「ご主人さまをすぐお風呂にいれて、お身体を洗ってさしあげておくれ」

「はいはい、すぐに用意いたします」

ハリムはつい先日までエクバターナの街で公衆浴場《ハンマーム》の浴場世話係《ダッラーク》をしていた男だ。鳥面人妖《ガブル・ネリーシャ》どもの密談を聞いてしまったばかりに生命をねらわれ、アルスラーンの「聖庇《アジール》」を受けて、ザラーヴァントの屋敷に住むようになった。いずれは金銭《かね》をためて自分自身で公衆浴場を経営するつもりでいるが、いまのところは安全な場所で気楽な生活を愉《たの》しんでいる。浴室の世話では右に出る者がいないし、噂話が好きなだけ話題も豊富なので、ザラーヴァントに気に入られていた。

「ご主人さまはお身体が大きくていらっしゃるので、お湯をわかすにも水と燃料がよけいに必要です。しかもお背中が広いので、お流しするのもたいへんなんでございますぜ」

そんな具合にしゃべりまくりながら、ハリムはザラーヴァントの広い背中を石鹸《せっけん》の泡だらけにし、銀貨《ドラフム》をせしめるのであった。

ザラーヴァントの麾下《きか》に、バッツァーニという士官がいる。もともとバダフシャーンで銀山の坑夫頭《こうふがしら》をしていたが、王太子アルスラーンの檄《げき》に応じてルシタニア軍との戦いに参加した。王都エクバターナに入城をはたすと、そこで恋人ができて故郷に帰る気がなくなり、ザラーヴァントに属して、城壁の修復やら水路の建設やらに手腕を発揮し、五百騎長の称号を受けている。

バッツァーニ同様、故郷に帰らず王都にとどまったバダフシャーン出身の兵は五百人以上いるが、そのほとんどは、エクバターナで「女とくっついた」のだった。王都で生まれ育った女性は、たとえ豊かな土地であっても、遠い辺境のバダフシャーンに移り住むのを好まなかった。そうなると、故郷と恋人との二者択一《にしゃたくいつ》ということになり、たいていの男は恋人のほうを選んだのである。

ただしエクバターナに鉱山などはないから、坑夫の仕事にはもどれない。同郷の男たちのなかで、指導力と人望のあるバッツァーニをたよって、半数は軍隊にのこった。半数は組合のようなものをつくって、さまざまな土木工事を請《う》けおい、王都であたらしい生活を送っている。

そのバッツァーニが、奇妙な話をザラーヴァントにもたらしたのは、七月中のことだったが、多忙なこともあって後まわしにされていた。王都の城外、カリヤーンという地区の石切り場で、住民や労働者が数人、行方不明になっているというのだ。

八月一日、ザラーヴァントはバッツァーニと十人ばかりの兵士をつれて、カリヤーン街におもむいた。

「やあ、ザラーヴァントさまじゃ」

住民たちが彼を歓迎する。日乾煉瓦《ヘシュト》の壁が長くつづいている。このあたりに住んでいる人々は、あまり裕福な生活を送っているとはいえない。アルスラーンの治世になってから、上下水道を引き、ボウフラのわく池を埋めたて、泥道に砂をいれて瀝青《アスファルト》でかため、無料の施療所《せりょうしょ》を建てた。住人たちには公共工事で働かせて日給をあたえ、働けぬ者には粥《かゆ》を配った。これらの施策が実行されるにあたり、ザラーヴァントが現地で指揮をとったのだ。

「おかげさまで、ずいぶん暮らしも楽になりました」

「おれは工事の指図《さしず》をしただけさ。お命じになったのは国王《シャーオ》だ。御礼ならアルスラーン陛下に申しあげることだな」

「国王《シャーオ》の御身に幸いあれ。お若いことだし、あと五十年は国を治めていただきたいね」

「何をいうか、あと百年だ」

ザラーヴァントは庶民に人気がある。名家出身なのに気さくで豪快で気前がよい。作業の現場に朝早くから足を運び、労働者たちに麦酒《フカー》や肉を差しいれる。大きな石を自分自身で運んでみせ、膂力《りょりょく》自慢の労働者と力較《くら》べをしてみせる。低湿地に土を運んで踏みかためるとき、何百人もの女や子どもに銀貨《ドラフム》や銅貨《ミスカール》をあたえ、芸人《ルーティー》の歌にあわせて踊らせると、その後では煉瓦のように土が踏みかためられている。そのような機智《きち》に富んでいた。

ザラーヴァントは石切り場に案内されたが、集まってきた労働者たちを見て眼をみはった。

「ほう、女ばかりだな」

「さようで」

ザラーヴァントが見たとおり、この現場ではたらいている労働者は女性ばかりだった。ルシタニア軍の大侵攻に際して、夫や父親を殺され、自分たちの力で生きていこうとする人々である。

「男どもが殺されたって、女たちは生きていかなきゃならないからね。健康で力があればそれを役立てるだけさ」

「もっともだ。何か力になれることがあったらいってくれ。国王《シャーオ》は仁慈《じんじ》のお方だからな」

ザラーヴァントの前に昼食が運ばれてくる。

「ここは工事をする場所で、何のおもてなしもできないけどね、よかったらどうぞ」

並べられたのは、薄焼きパン《チャパティ》、焼き玉葱《たまねぎ》、水割りヨーグルト《ドゥーグ》、干《ほ》した葡萄《ぶどう》や棗《なつめ》、巴旦杏《アーモンド》などだった。量だけは多い。

女たちの代表者が五人ほど、つぎつぎとザラーヴァントに事情をうったえた。人々が行方不明になるつど、奇怪な影がこのあたりをうろつく。その影は、しばらく前に見つかった崖の割れ目から出入りしているらしい、というのであった。

「あたしたちゃ人間の男なんか怖くはないよ。不埒《ふらち》な所業《まね》をする男を見つけたら、みんなで力をあわせて袋だたきにしてやるだけさ。だけどね、ありゃどうも人間じゃないようでね」

「ふうむ……」

ザラーヴァントは焼き玉葱をほおばった。思ったより美味で、ほのかな甘みが口のなかにひろがると、麦酒《フカー》がほしくなる。いかんいかん、仕事中、仕事中と彼は心につぶやいた。

「それではそこへ案内してもらおうか。この眼で見てみたいからな」

たくましい女性たちが、棒やシャベルを手にザラーヴァントをとりかこむ。何となく囚人として護送される気分で、ザラーヴァントは足を運んだ。石切り場は広く、陽光が反射して白々と光っている。

「ここですよ、将軍さま」

女たちの指が、墓碑《ぼひ》のように林立する石の間の亀裂《きれつ》をさししめした。

割れ目の大きさは、甲冑をまとった兵士がどうにか通れるほどだ。ザラーヴァントには窮屈だったが、左右の土をくずしながら上半身をねじこんでみる。はてしない闇の奥から一陣の風が吹きつけてきた。なまぬるい不快な風だ。それはザラーヴァントの耳にかすかなざわめきを、鼻孔にわずかな臭気を運んできた。

「なるほど、たしかに何かおるようだ。こいつはたしかめてみる必要があるな」

ザラーヴァントがさらに巨体を乗り出す。その裾を、あわてててつかんだ者がいた。バッツァーニである。

「ザラーヴァント卿、軽はずみなまねはなさらんでください。何の準備もしてないのですぞ」

「危険を恐れるおれと思うか」

「この場合、恐れてください。ザラーヴァント卿の身に万一のことがあれば、今後さまざまな国家事業にさしつかえますし、国王《シャーオ》がお歎《なげ》きになりますぞ」

国王《シャーオ》を持ち出されては、ザラーヴァントも我意《がい》を押しとおすわけにいかない。しぶしぶ部下の忠告を容《い》れ、割れ目の前に木の柵を組ませて、その日はいったん引きあげた。

V

八月二日。

ザラーヴァントは国王《シャーオ》アルスラーンに謁見し、カリヤーン街の石切り場で発見された謎の地割れについて報告するとともに、武装した兵士によってそこを探索すべく許可を求めた。

アルスラーンはすぐに許可したが、その場にキシュワードとダリューンがいた。ずっと王都にいて退屈していたふたりである。

「おれにいかせてくれ」

身を乗り出すダリューンを、キシュワードが制する。

「地平線を埋めつくして殺到《さっとう》する大軍に対してなら、おぬしに馬を出してもらおう。だが地底でこそこそ蠢《うごめ》くちっぽけな魔物どもに対して、戦士の中の戦士《マルダーンフ・マルダーン》を派遣する？　それこそ、蟻《あり》をつぶすのに象を使うようなものだろう。パルス軍全体が笑われてしまうぞ」

「では誰を派遣する？」

「おれが自分でいく」

そう断言するキシュワードの顔を見て、ダリューンはうなった。

「大将軍《エーラーン》自身が出馬するとは、それこそ笑いものではないか」

ダリューンはペシャワール攻防戦に参加できなかったことを残念に思っている。長剣をふるって敵と戦いたいのだが、それはキシュワードも同様であった。

「大将軍《エーラーン》が職権をもってさだめたことだ。異をとなえることは許さぬ」

「横暴《おうぼう》な！」

「何とでもいえ。これが権限をにぎるということだ。ダリューン卿、大将軍《エーラーン》の候補にあげられたとき、他人に押しつけたりせず、自分で引き受けるのだったな。そうすれば、このようなとき、自分が事を決する立場にいられたものを」

「いや、それは……」

「ダリューン卿には地上での待機《たいき》を命じる。副将はジムサ卿。両人ともおこたりなく、大将軍《エーラーン》の命にしたがうように」

憤激のあまり口もきけない状態で、ダリューンは、退席するキシュワードの後姿を見送った。大笑いしたのはアルスラーンである。

「ダリューン、いつかかならずそなたの出番が来る。今回はキシュワードにゆずれ」

「はあ、陛下のご命令とあらば……」

じつのところ、関係者の誰も、この件が一大事になるとは思っていなかったのだ。

こうして八月三日になると、大将軍《エーラーン》キシュワードとザラーヴァントは、二百人の兵士をひきいて地下への探索に出かけた。

ダリューンとジムサは三百人をひきいて地上で待機する。精鋭が油断なく、といいたいところだが、ダリューンは不満だし、ジムサは事態をいささかばかばかしく思い、こんなことに精鋭をそろえる気にもなれずにいたから、兵士たちは大半が新兵で、のんびり槍を立ててむだ話などしていた。

そのうちエラムがやって来て、笑いをこらえる表情で、ダリューンとジムサに大きな籠《かご》を差し出した。アルスラーンからの差し入れであった。冷えた葡萄酒《ナビード》に、山鶉《キヤブク》の丸焼き、鱒《デツレ》の唐揚げ、薄焼きパン《チヤパテイ》、新鮮な梨。兵士たちにも羊肉とパンが配られた。

国王《シヤーオ》の心づかいに恐縮しつつ、ダリューンは大きな石に腰をおろし、大将軍《エーラーン》の悪口をさかなに杯をあげはじめた。まだ朝のうちである。

ダリューンたちがささやかな宴会をはじめたころ、その真下、五十ガズの地底では、キシュワードやザラーヴァントらが、明るくも楽しくもない道を歩んでいた。百本の松明《たいまつ》に照らされた道は、思っていたよりはるかに長く、奥へ奥へ、下へ下へとつづいている。

そのうち兵士たちが怪しい影を見つけ、奇声を聞きはじめた。たしかに何かがいるようだ。

「食屍鬼《グール》か!?」

「四眼犬《シエムル》もいるようだぞ」

しだいに気分が深刻になっていく。

アルスラーンが悠長《ゆうちょう》にダリューンたちに差し入れなどしたのは、それほど重大なことがおこるとは思わなかったからだし、ダリューンも、キシュワードでさえそうであった。この時刻になると、キシュワードは気を引きしめ、油断しないよう兵士たちに申しわたした。そうなると今度は、ひきいてきた兵数のすくなさが気になってくる。およそキシュワードは隙のない男で、こういう状況になるのはめずらしいことだった。

前方で兵士たちの間にもめごとがおこった。眼前を四眼犬《シエムル》が走りぬけ、あわてて立ちどまった兵士に後続の者がぶつかったらしい。

「呪われてしまえ《アンチユーチヤック》!」

「地獄の火に焼かれろ《ペダーレ・スーフテ》!」

はずである。

おおげさな罵声《ばせい》の応酬《おうしゅう》は、兵士たちの不安をあらわしていた。彼らは対ルシタニア戦で生きのこった強者《つわもの》ぞろいであり、眼前にいきなり敵兵が出現しても、充分に対応できるはずである。

だが、怪物たちの出現によって、自分たちが一歩また一歩と人間の支配する領域から遠ざかり、蛇王ザッハークの暗黒の封土《ほうど》へと近づいていくことがわかった。皮膚にせまり、つつみこもうとする不気味さに、耐えきれなくなりつつあるのだ。

先頭を進むザラーヴァントは、じつにたのもしく見えた。右手に鎚矛《メイス》を、左手に松明《たいまつ》をつかみ、ゆるぎない足どりで兵士たちをみちびいていく。内心、不安や畏怖《いふ》をおぼえていても、それを体外に出すことはなかった。その彼が立ちつくして歎声《たんせい》をあげたのは、出発して五千の数《かず》を算えるに至ったころだった。

「おう、これは……」

松明の光に浮かびあがったのは、王宮の大広間にも匹敵する空間だった。正確にはその一部にすぎなかった。上方にわだかまる闇はあまりに厚く巨大で、松明の光もとどかない。壁面には無数の蛇やサソリが彫りこまれ、黒い石づくりの祭壇《さいだん》が設けられていた。

「いったいここは何でござろう……?」

「神殿らしいな」

ザラーヴァントに答えるキシュワードの声が低い。

「もっとも、そう呼ぶのは神々に対する冒瀆《ぼうとく》かもしれん。ここに祠《まつ》られているのは憎悪と恐怖だ」

大小いくつかの炉、燭台、すぐには算《かぞ》えきれないほどの壺や甕《かめ》、水盤。血の泌《し》みこんだ石の台には厚刃の刀が置かれ、肉片や骨片らしきものがこびりついている。太い鎖がとぐろを巻き、壁ぎわには人骨がつまれていた。

「いったいどれほど古いのでござろう」

「百年か二百年……いや、もっとか。いまの段階で何かを断言することはできんな」

キシュワードは黒い祭壇をにらみつけた。

「蛇王ザッハークが英雄王カイ・ホスローに敗れて以来だとすれば、すでに三百年以上になるわけだが」

「その間やつらはずっと王都の地下に潜んで……？」

ザラーヴァントが唾《つば》をのみこむと、本人もおどろくような音がひびいた。兵士たちの影が松明の炎に揺れ、それ自体が怪物じみて壁に映し出される。赤と黒の波が視界にひろがり、平静でいるのはむずかしい。

「大将軍《エーラーン》は神殿だとおっしゃったが、だとすれば祭司《さいし》がいるはず。見たところ人の姿はないようでござるが」

「逃げたか、隠れたか」

「隠れたとすれば、我々のようすをうかがって、隙を見たらおそいかかってきますぞ」

あたかも、その声が呼びおこしたかのようだった。けたたましい叫喚《きょうかん》と羽音がおこる。頭上の闇から何十何百の魔影《まえい》が急降下する。四方の蔭《かげ》から怪物の群れが殺到してくる。

「おう、望むところだ！」

ザラーヴァントがたくましい手首をひるがえすと、重い長大な鎚矛《メイス》が死のうなりを生《しょう》じた。

頭部をたたきつぶされた四眼犬《シエムル》が地に投げ出され、頸部をへし折られた食屍鬼《グール》が壁にたたきつけられる。内臓をくだかれた怪物の口から毒血が宙に吐き出される。それをかわして松明を突き出すと、顔面を炎に焼かれた妖魔がのけぞって苦悶する。

みるみる十四ほどがザラーヴァントの足もとでのたうった。

「これでは、おれの出る幕はないな」

苦笑したキシュワードであったが、双刀が白銀の弧《こ》を描くと、二匹の四眼犬《シエムル》が頭部を宙へはねあげられた。縦横に血が飛び、首がころがり、胴体がたたきつけられる。

キシュワードの訓練と実戦指揮を受けた兵士たちは三人がひと組となってたがいに背中

をあずけ、刀槍をふるって一匹また一匹と怪物どもを斃《たお》していく。いざ闘いがはじまれば、恐怖も不安も追いやってしまうのが精鋭たる所以《ゆえん》であった。

片腕の有翼猿鬼《アフラ・ヴイラーダ》が、息を切らしながら人間たちのようすを眺めている。黄色っぽい眼光に、ときおり赤紫の色彩がちらつくのは、憎悪の象《しるし》であろう。だが死闘に参加する気はないようで、壺や甕のつくる陰《かげ》にひそんで、息をころしているのだった。

やがて朗々《ろうろう》たる人間の声がひびいた。

「大将軍《エーラーン》、だいたいかたづきましたぞ」

「おお、ザラーヴァント卿、みごとな奮闘ぶり、感服した」

「何の、トゥラーンやルシタニアの精兵《せいへい》と較《くら》べれば、数のうちにもはいらぬ手合《てあい》。討ちとったとて自慢にもなりはしません」

ザラーヴァントは哄笑《こうしょう》する。いささか演技《しばい》がかってはいたが、父ムンズィルの訃報《ふほう》以来、どうしても気分の暗くなる自分を鼓舞《こぶ》しているのだろう。

キシュワードも笑顔で応じ、双刀を持ちなおして、あいた手で若い巨漢の肩をたたいた。

「たのもしいことだ。これからもたのむぞ」

その笑顔が消え、鋭い眼光と叱咤《しった》が飛ぶ。

「誰だ、そこにおるのは!?」

大将軍《エーラーン》にしたがっていた兵士のひとりが、声に応じて槍を投げる。大きな壺に穂先があたってはね返ると、その蔭から異形の生物がころがり出た。有翼猿鬼《アフラ・ヴィラーダ》であった。人間たちが見ると、左腕がない。

片腕の有翼猿鬼《アフラ・ヴィラーダ》は、あわれっぽい悲鳴をあげた。逃げおくれたのであろうか。右腕を地に着け、はいつくばって頭をさげる。くりかえし地で額を打ち、右手をあげて拝《おが》むような動作をした。猿に似た醜悪な顔がぬれ光っている。涙と鼻水と涎《よだれ》でべたつく顔に恐怖と哀願の色をたたえて、あさましく生命乞《いのちご》いをするのだった。

容赦なく殺すつもりでいた人間たちも、気勢《きせい》をそがれた。顔を見あわせる。

「どうせ下《した》っ端《ぱ》だろう。殺す価値もない。かってにいかせてやれ」

ザラーヴァントがいうと、兵士たちは苦笑して刀槍を引いた。

片腕の有翼猿鬼《アフラ・ヴィラーダ》が奇声をあげた。ひろった生命を惜しむように、身体をちぢめると、ザラーヴァントから顔を背《そむ》け、闇の奥へところがりこんでいった。

VI

頭上で雷鳴がとどろいた。

とっさに将兵はそう感じたのだ。だが、あるはずのないことだった。彼らがいるのは地底であり、頭上には大地が屋根となっておおいかぶさり、さらにその上には王都の市街がひろがっているはずだった。

松明《たいまつ》の光のなかを何かが落ちてくる。首飾りのごとく、きらめくものがつらなって落ちてくる。それらは兵士たちの頭や肩ではじけ、服や皮膚をぬらした。

「雨だ」

「たわごとをぬかすな！　何で地底に雨が降るんだ。もっとよくたしかめて……」

言葉がとぎれ、息をのむような沈黙がひろがりかけて、それは強まる一方の水音にのみこまれた。

兵士たちは事態をさとった。

土と岩の天井がくずれた。そして天井の上には池だか湖だか、膨大《ぼうだい》な量の水がたまっている。その底が破れたのだ。

「逃げろ！」

滝が兵士たちにおそいかかってきた。とどろく水音が、悲鳴も命令もかき消した。キシュワードもザラーヴァントもずぶぬれになり、松明はことごとく消えて、暗黒がすべてを支配した。

床にたまった水は足首から膝《ひざ》へ、さらに股から腰へ、おどろくほどの速さと勢いで量を増していく。壺や甕のなかにはいっていた液体が、あふれる水とまざりあい、異臭や湯気をたて、それもたちまち薄まって、膨大な水にすべてがのみこまれていくのだった。

「何かにつかまれ！　流されるな！」

十万の大軍を叱咤《しった》するにたりる大喝であったが、水の咆哮《ほうこう》はそれを上まわった。滝は地底に達すると渦を巻いて四方へひろがったが、わずかな傾斜を見出したか、ひとつの方向へ奔《はし》りはじめた。

生者も、死者も、人間も、怪物も、荒れくるう水にのみこまれ、引きずりこまれ、持ちあげられ、たがいにぶつかりあいながら、地中の暗黒の河を流されていく。

水中でキシュワードは双刀を棄《す》てた。冑《かぶと》をはずし、甲《よろい》をぬぎすてる。その行動の間に、五、六回は水中で回転するのを余儀《よぎ》なくされた。身を軽くし、水勢《すいせい》に押されつつ上昇する。肺が空《から》になる寸前、ようやく水面に顔を突き出すことができた。大きく口を開いて空気をむさぼる。その口にも水の飛沫《しぶき》がとびこんでくる。

「キシュワード卿、大将軍《エーラーン》、いずこに!?」

ザラーヴァントは大声を張りあげているのだろうが、とどろく水音に消されて、誰の耳にもとどかない。

いつか頭上が白々と明るい。白昼のできごとであったことは、せめてもの幸運だった。

そして地上では、王都の城外で、異様な光景が現出していた。直径二アマージほどの貯水池の底が破れ、雷鳴のような音とともに水が地底へ流出したのだ。その跡はくぼんだ泥《でい》濘《ねい》と化した。泥のなかから何かが這《は》い出し、よろめきつつ身を起こす。

「グルガーン、おい、グルガーン、どこにいるのだ?」

かすれた声が水底を渡っていく。正確には、水底だった場所だ。泥と水にまみれた男は暗灰色《あんかいしょく》の衣をまとい、日光を忌《い》むがごとく腕をあげて顔の上半分を隠していた。

「グルガーン、はて、水にのまれてしまったか。だとすれば、まぬけなやつめ」

さして仲間を悼《いた》むようすもなく、暗灰色の衣の魔道士はわずかに腕をさげ、細めた眼で周囲を見まわした。

「見たか見たか、不信心者め。蛇王ザッハークさまにさからう者は、すべてかくのごとしだ。思い知れ、思い知っただろう」

狂笑《きょうしょう》がひびきわたる。暗灰色の衣は水をふくみ、黒く重く身にまつわりつくが、魔道士グンディーには羽衣《はごろも》のごとく思われた。

日光のまぶしさをののしりつつ、魔道士は固い地面へ向かって泥のなかを歩きはじめた。だが三、四歩で愕然《がくぜん》と立ちすくむ。固い地面の上にたたずむ男の姿に気がついたのだ。

「気がすんだか」

そう呼びかける男が着ているものは暗灰色ではなく、真の黒であった。ただ、マントの裏は血の色である。ゆっくりと長剣を抜くと、弱い日光が刃に反射して、にわかに力強く白金色のかがやきを発した。

「生涯で最後の笑いだ。だから笑い終えるまで待ってやったが、もうよかろう」

黒衣の男、つまりダリューンは、石切り場の大石の上で、雷鳴のごとき怪音を聴いた。高処《たかみ》に上り、音の方角を見て、近くの貯水池で異変が生《しよう》じたのを知った。ただちに馬を飛ばし、一歩ごとに葡萄酒《ナビード》の酔いを振りすてて、逃亡寸前の魔道士を発見したのである。

「おれは機嫌が悪いのだ。きさまが抵抗すれば斬る。逃げても斬る」

「……………」

「死にたくなければ、さっさと降参しろ。おれはこれまで、きさまよりははるかに上等な戦士どもを何人も斃《たお》してきた。蛇王の眷属《けんぞく》を斬るのに、ためらいなど持たんぞ」

ダリューンは足を進めた。「猛虎将軍《シヨラ・セーナニー》」の異名にふさわしい、優雅で危険な一歩である。

魔道士は身をひるがえし、ひるがえした瞬間に凍結した。まぶしい日光の下に彼が見たのは、吹矢の筒をくわえた武人の姿だ。それが彼の同志ガズダハムの右眼をつぶした男とは、むろん知る由《よし》もない。だが殺気だけは充分に感じとることができた。

奇声がほとばしり、魔道士の姿が宙に舞った。一瞬。剣光が斜めに奔《はし》り、不快な湿った音がダリューンの足もとでおこった。

魔道士の身体は泥にたたき落とされている。

飛散した血はわずかだった。ダリューンは長大な剣の尖端しか使わなかったのだ。ただ一閃、左から右へ奔らせただけで、ダリューンは、魔道士の両足の腱《けん》だけを切断してのけたのである。魔道士は泥と屈辱と苦痛にまみれた顔をあげ、這《は》おうとして這うこともできず、もがくだけであった。

「殺さないのか、ダリューン卿？」

ジムサが近づいてきて、そう問いかけた。

「生かしておいてしゃべらせたほうがよいかと思ってな」

「おとなしくしゃべるような男にも見えんがな」

「おれもそう思うが、しゃべらなければしゃべらなくてよい」

ダリューンは長剣を鞘《さや》におさめた。頬にわずかな赤みが残っているが、酔いをしめすのはそれだけである。ジムサのほうが酒に弱いらしく、吹矢の筒をおさめると、ほてった頬を二、三度掌《てのひら》でたたいた。

「そいつを解放しなければ、仲間が各地で騒ぎをおこし、放火や殺人をはたらく、という声を耳にしたばかりだ」

「蛇王の眷属がそれほど友誼《ゆうぎ》に篤《あつ》いやつらとは思えんな。おれは仲間をののしるこやつのことにはならぬか」


「ではそうするとして……」

ジムサはかるく首をかしげ、苦悶する魔道士を一片《いっぺん》の同情もなく見おろした。

「親王《ジノン》イルテリシュとおれとが剣をまじえたとき、しゃしゃり出てきた魔道士がいた。そやつの右眼は、おれが吹矢でつぶしてやったが、こやつには両眼そろっているようだ」

辛辣《しんらつ》な笑《え》みがジムサの口もとを飾る。

「それとも生《は》えてきたのかな。いまつぶしてやって、生えてくるかどうか確認してみてもいいが……」

「あまり手荒《てあら》な所業《まね》はするな。使いようがあるのだから」

「どう使うのだ」

「蛇王ザッハークの眷属が生きたまま捕縛され、尋問を受けている。そう天下に布告《ふこく》すればいい」

「ほう……」

「そうすれば、口封じのために、こいつの仲間がやって来る。そこをまとめてつかまえる。

どうだ?」

「なるほど、囮《おとり》か」

感心したようにジムサがつぶやく。ダリューンはさらにつづけた。

「あるいは、すでに何もかも白状した、ということにしてもいい。そのときは、裏切り者に制裁を加えるため、やはり仲間がやって来る。あとはおなじことだ」

ダリューンがかるく眼を細めた。泥濘《でいねい》の各処で、うごめくものが見える。泥まみれで手足を動かす人間たちのようだ。

「おれには悪知恵のはたらく友人がいてな。これ以上のことは、やつに考えさせるとしよう」

黒衣の騎士は片手をあげて部下の兵士たちを呼んだ。

傷ついた魔道士グンディーは、賓客《ひんきゃく》としてあつかってはもらえなかった。両足の傷に薬を塗って包帯を巻かれると、口には板を噛《か》ませられ、革紐《かわひも》で縛りつけられた。舌を噛《か》んで自殺しないようにである。目隠しをされ、両手は後ろにまわされて、指の一本ごとに革紐で縛りあげられた。

彼を運ばせると、ダリューンは、泥からようやく這いあがった人影のひとつに歩み寄って声をかけた。

「これは、大将軍《エーラーン》、ご無事で何よりでござった」

ダリューンはキシュワードをからかってやりたかったのだが、抑制《よくせい》した。キシュワードは水中で双刀をうしない、せっかく発見した地下神殿も水没してしまった。陰謀や犯罪の証拠品は膨大だが、ことごとく水中にある。

有翼猿鬼《アフラ・ヴイラーダ》だの食屍鬼《グール》だの四眼犬《シエムル》だの、怪物どもは三百匹ほどもまとめて殺したが、そのていどの功を誇るわけにはいかなかった。味方も無傷ではすまなかったのだ。

水死体となって発見された者が十八人、流されて行方不明となった者が十六人。合計三十四人もの犠牲者を出してしまった。予想外のことで、キシュワードとしては自分を責めずにいられなかった。

ほどなくザラーヴァントも這いあがってきたので、キシュワードは急いで家に帰り、あわただしく入浴と着替えをすませると、他の三将とともに王宮へ直行し、事情を報告した。アルスラーンの傍にはナルサスがひかえている。

「……加えて貯水池がまるまるひとつ損壊いたしました。まことに面目なき仕儀《しぎ》にございます」

「そちらは当面、ご心配にはおよびません。他の貯水池に余力がありますゆえ、そちらの水をまわせば充分にまにあいます」

キシュワードの横から、そうザラーヴァントが言上《ごんじょう》した。

「ただ、応急の工事をして水路を一本、建設する必要がございます。これは日乾煉瓦《ヘシュト》を使って、一年も保《も》てばよろしいのです。一年以内に貯水池のほうを修復し、旧状《きゅうじょう》どおりにいたしますこと、このザラーヴァントめにお命じください」

アルスラーンはうなずき、犠牲者の葬礼や、水がひいた後の地下神殿の捜索を指示して、ふたりを帰らせた。

「ザラーヴァント卿も、どうやら気力をとりもどしてくれたようだ」

「けっこうなことで。ああ図体《ずうたい》の大きな男が悄然《しょんぼり》していると、周囲の者がうっとうしくてかないません」

ナルサスらしい言いかたである。ダリューンがかるく首を振った。

「せっかく妖魔どもの根拠地らしきものを見つけたのに、意外な策《て》でしてやられたな」

「貯水池と水路については、さらに警戒をきびしくするとしよう。毒を投入されては笑っていられなくなる」

「とらえてきた魔道士はどうする？」

「そうだな、ま、明日までに考えよう」

ダリューンとジムサがキシュワードをてつだうために退出すると、いれかわるようにひとりの使者があらわれて、ナルサスに書状を差し出した。

Ⅶ

「吉報《モジュデ》だ！」

一読してつぶやくと、ナルサスは、七宝細工《ミーナーカーリー》のみごとな文房具箱を手元に引き寄せた。王宮内の副宰相執務室《フラマート》には万巻《まんがん》の書がそろい、異国渡来の文房具もそろえられていて、ここでだけはナルサスは絵ではなく文字を書く。

「何かございましたか、ナルサスさま」

「エラムか、東北国境よりの報《しら》せでな。七月にはいって、チュルク兵らしい小集団がいくつかうろついているらしい。偵察以上のことはまだしていないようだ」

エラムはまばたきした。

「それが吉報なのですか」

「正確には、今後の吉報につながる。まだ陛下にご報告するのは時機尚早《しょうそう》だから、だまっていてくれ」

あわただしく筆を動かして三枚ほど書類をととのえると、ナルサスはエラムとともに国王《シャーオ》の居室をおとずれた。エラムはアルスラーンにたのまれて、ナルサスを茶の相手として招きに来たのである。

「ダリューンを引きとめておけばよかったな」

そういいながら、アルスラーンは手ずから紅茶に蜂蜜をそそいだが、ふと匙《さじ》をまわす手をとめてエラムを見やった。

「どうした、エラム？　何か気になることでもあるのか」

「あ、はい、突然いま気がついたことがございます。申しあげていいでしょうか」

「もちろんだ、エラム、何でもいってくれ。いいかけてやめられると、気になってしようがない」

国王《シャーオ》に一礼して、エラムは話しはじめた。

「宝剣ルクナバードのことでございます」

これは意外というより唐突《とうとつ》な話題だったので、アルスラーンだけでなくナルサスもエラムを見つめた。

「アルスラーン陛下が登極《とうきょく》なさる直前のことでした。王宮に奇怪な蛇身の怪物があらわれたこと、陛下はおぼえておいででしょうか。その正体は魔道士でしたが、蛇身と化して、宝剣ルクナバードを奪い去ろうとしたのです」

「ああ、おぼえている。あのときサームがいあわせて、生命《いのち》がけで宝剣を守ってくれたのだ」

アルスラーンの声になつかしさがこもった。

かつてパルスが誇った、武勇の誉《ほま》れ高い十二人の万騎長《マルズバーン》。そのひとりであり、誠実さにおいて比類ないといわれたのがサームである。

魔道士が蛇身と化して王宮に侵入し、宝剣ルクナバードを強奪しようとしたとき、サームは身をもってそれを阻《はば》んだ。蛇身に巻きつかれて生命力を吸いとられ、老人の姿となって王室への忠誠に殉《じゅん》じたのだ。

「あのときのように宝剣ルクナバードを直接ねらう者があらわれるやもしれません。警備を強化しておいたほうがよろしくはございませんか」

「そうあちこち警備を強化していては、兵がたりなくなるだろう」

アルスラーンは、かるく笑った。

「ルクナバードは私を守り、私はルクナバードを守る。さしあたって、それで充分だ」

アルスラーンは紅茶を口にふくみ、香気を愉《たの》しむようにゆっくり飲みこんだ。

「歴代のパルス国王《シャーオ》は、英雄王カイ・ホスローの魂を伝える宝剣ルクナバードの道具にすぎないともいわれているが……」

考えながら言葉をさがすようすだ。

「私はパルスの民衆の道具だと思っている。民衆と私とは、ルクナバードによってつながっている。ゆえにこそルクナバードはパルス国にとって聖なる宝物なのだ、と」

ナルサスはまじまじと若い国王《シャーオ》を見つめ、低く問いかけた。

「陛下、そのようなお考えを、誰から教わりあそばしましたか」

アルスラーンは口もとをほころばせた。

「私はそなたの弟子だぞ、ナルサス。そなたからに決まっているだろう」

「いえ、私めはお教えいたしてはおりません。そこまではお教えしませんでした」

「……そうだったかな」

「陛下はご自分で習得《しゅうとく》なさったのです。過去の歴史と、ご自分の経験と、ご自分の思考によって真理に到達なさった」

「ナルサス……」

「陛下は、真の国王《シャーオ》におわします」

ナルサスは立ちあがってアルスラーンのすぐ前に進むと、眼に見えぬ何者かの威に打たれたように片ひざをついた。アルスラーンの右手をとり、額《ひたい》に押しいただく。

「わが国王《シャーオ》、永遠なるわが国王《シャーオ》よ」

「………」

「あなたにおつかえできることを、誇りに思います。才も徳もなき身ながら、あらためてナルサスは忠誠をお誓いいたしますぞ」

感情の昂《たかぶ》りを隠そうとしない師の姿を、エラムは声もなく見つめた。

「誇りに思うのは私のほうだ」

アルスラーンは、ナルサスの意外な行動におどろきはしたものの、うろたえはしなかった。左手をそえ、ナルサスの両手をとってそっと額からはずす。

「大陸公路列国で随一の智将につかえてもらっているのだからな。そなたにも、ダリューンにも、エラムにも、見放されないよう努力しよう。どうか私とともに歩んでくれ。どうやって酬《むく》いたらよいかもわからないが……」

ナルサスが答えようとしたとき、式部官《しきぶかん》の声がした。国王《シャーオ》のお召しによって参上した、と告げる者が来たという。

「キシュワードにあたらしい双刀を贈ろうと思って、至急、刀工《とうこう》を呼んだのだ。待たせてはいけないな。ナルサス、ゆっくりしていってくれ。エラム、あとをよろしく」

アルスラーンがナダームという名の式部官に迎えられて出ていくと、ナルサスはしばらく無言だったが、沈黙に耐えかねたエラムが声をかけると、うめくように声を発した。

「エラム、おれはいま、おそろしい予感に悪寒《おかん》をおぼえている」

「ナルサスさま、どういうことです」

「アルスラーン陛下はあまりにも……」

ナルサスは声をのみこんだ。ときとしてギーヴでさえあきれるほど不逞《ふてい》な軍師が、声や手の慄《ふる》えを抑《おさ》えきれない。彼がおぼえた予感、その予感がしめす光景は、あまりにも不吉で、言葉にした瞬間に現実となってしまいそうな恐怖を、ナルサスにもたらしたのだった。

彼は一度、両眼を閉じたが、それを開くと、右手で愛弟子《まなでし》の肩をつかんで引き寄せた。発した声はかすれていた。

「エラム、お前はおれよりたしか十三ほど年下だったな」

「はい」

「では約束しろ」

「ナルサスさまがおっしゃるなら何なりと」

「おれやダリューンよりすくなくとも十三年は長く生きて、アルスラーン陛下をお守りするのだ」

エラムは口を開いたまま、まじまじと師を見つめた。

「約束するか」

「微力《びりょく》をつくして……」

「いや、約束ではない、誓え」

「……」

「誓ってくれ、たのむ」

エラムは意を決し、全身の力を声にこめた。

「はい、誓います」

ナルサスは深く大きく息を吐き出した。

「そうか……よかった。たのむ、おれの後をよろしくたのんだぞ」

このときの師の表情と声とを、エラムは終生、忘れることはなかったのである。

第五章　紅い僧院《ルージ・キリセ》の惨劇

I

東西南北に交通路が発達しているパルス国では、山間部に思いもかけずにぎやかな街が存在する。大きな街と街との中間にあって、旅人がそこで荷をおろし、宿泊したり、長旅の用意をととのえたりするのだ。

ルージ・キリセもそういう街のひとつである。「紅《あか》い僧院」という意味で、むかしむかしジャムシード聖賢王の御宇《みよ》に、紅い砂岩でつくられたりっぱな寺院があったというが、いまでは丘の上に廃墟《はいきょ》がのこるだけだ。

丘の下に街がある。街から北へ五日ほど歩けば、ダイラム地方にはいって、ダルバンド内海の岸に着く。南へ五日ほど歩めば、大陸公路の要衝であるソレイマニエの街に着く。そういう位置である。

つまり、ダイラム地方の産物や、ダルバンド内海の彼方《かなた》の国々から輸入された商品は、ルージ・キリセを通ってソレイマニエに集まるわけだ。ソレイマニエからは四方に道が伸びて、王都エクバターナへ、港市ギランへ、ペシャワールを経由してシンドゥラ国へ、人と物資が運ばれていく。

したがって、ソレイマニエで待機していれば、北方から人と物がやってくるのだが、機敏な商人たちのなかには、同業者を出しぬくために先へと進む者もいる。北上してルージ・キリセまで出かければ、ソレイマニエで待機しているより五日早く、望みの商品が手にはいるというわけだ。

そのような次第で、たかだか人口五千ていどの街としては、ルージ・キリセはにぎやかで、他郷人《よそもの》の往来も多かった。市場は広く、その周囲には隊商宿《キャラバンサライ》も多い。マルヤム語がけっこう通じるし、人間だけでなく、馬に駱駝《らくだ》、驢馬《ろば》に騾馬《らば》、牛に羊と、家畜の鳴き声もかまびすしい。

パルス国の内陸部深くにあって、戦火を受けることもまれだ。四年前の春に、ルシタニアの蛮族どもが二千人ほどやって来て掠奪《りゃくだつ》をはたらいたが、短期間で姿を消した。以後はいたって平和なもので、治安を守るための兵士も百人にみたない。

パルス暦三二五年、七月の半ば。

涼しい木蔭《こかげ》を選んで小走りにルージ・キリセの街路を歩く、小柄《こがら》な若い男がいる。白い帽子に青い房。この街の役人《ダールーゲ》、カーセムである。

役人《ダールーゲ》はいそがしい。盗賊をつかまえたり、牢獄を管理したり、こわれた橋を修復させたり、さまざまな仕事があるが、カーセムがもっとも多忙なのは、街の人口と家畜の数、それに旅人の数の調査だった。それらの調査が正確でないと、人頭税《じんとうぜい》も通行税も交易税も取りたてることができないからである。

「隊商宿《キャラバンサライ》のナダーンのやつ、どうも宿泊客の数をごまかしてやがるな。何しろ、あいつ、先月は双生児《ふたご》の客を泊めて、客はひとりしかいないなんていってやがったからな。どっこい、このカーセムさまをごまかそうなんて、そうはいくものか」

ひとりごとをいいながら、白い手巾《ハンカチ》を取り出して汗をぬぐう。

「それにしても、花の都エクバターナで育った吾輩《わがはい》が、何だってこんな田舎《いなか》で、小悪党から、ちっとばかしの税を取り立てる算段《さんだん》を立ててなきゃならんのだろう。ああ、早く王都に帰りたいなあ。伯父上《おじうえ》はいつ呼びもどしてくださるのやら」

彼が伯父上と呼んでいるのは、パルス国の宰相《フラマータール》ルーシャンである。となると、カーセムはルーシャンの甥《おい》なのか、というとそうではない。彼はルーシャンの妻の兄の後妻の父の弟の息子なのだが、途中をすべて省略して、「伯父上」と呼んでいるのだった。

穏健篤実《おんけんとくじつ》なルーシャンも、こんな甥を持ったおぼえはないから、就職の世話をたのみこまれて困惑した。とりあえず地方で実務にあたらせて、功績をあげるか、何年かを無難に勤めあげれば王宮に勤務できるよう取りはからう、ということにしたのだ。

それから一年、カーセムは案外まじめに役人生活を送ってきたが、彼自身が感じているように、小悪党からちっとばかしの税を取りたてるような毎日では、平穏なかわりに、大功をたてる機会もない。もう二、三年たたないと王都にもどれそうにない、と思うと、かるい溜息が出るのだった。

カーセムの足がとまった。視界の隅に、何か気になるものが映ったのだ。よく見ると、それは、市場の一角で石畳の上に直接、布をひろげ、宝石やら装飾品《そうしょくひん》やらを並べている若い女の姿だった。見おぼえがないな、と思いながら、カーセムは近づいていった。

「いばるのも役人の仕事のうち」

と、カーセムは信じている。庶民に対していばる役人が、国王陛下に対しては平身低頭《へいしんていとう》しておそれいる。国王陛下の権威を高めるのも役人の重要な責務《せきむ》、というわけだ。

「これこれ、そこの女」

胸を張るというより腹を突き出し、できるだけ尊大《そんだい》に呼びかけたが、若い女は敬意のかけらもない眼でカーセムを一瞥《いちべつ》しただけで、四、五人いる客たちとの話を再開した。カーセムは声を張りあげた。

「こら、そこの女といってるだろう。返事をせんか」

「あたしのこと？」

「そ、そうだ」

「躾《しつけ》の悪い坊やだね。名乗りもしないし、列にも並ばない。もっと人としての常識を学ばないと、将来、役人《ダールーゲ》にしかなれないよ」

客たちが笑い出し、カーセムは真赤《まっか》になる。

「吾輩《わがはい》は役人だ！」

「あら、どうりで」

「どうりで、とは、どういう意味だ」

「べつに」

うそぶく女をにらみつけて、カーセムは客たちに手を振った。

「お前たち、商売は後にしろ。国王陛下の僕《しもべ》であるこのカーセムさまが、職権をもって、この女に問い質《ただ》すことがある」

客たちは不満そうな表情をしたが、しぶしぶその場を立ち去った。女と一対一になって、カーセムはひとつ咳《せき》ばらいする。

「よし、お前の名は？」

「パリザード」

ルージ・キリセの街で、宝石や装飾品を売りさばいているこの女は、パリザードであった。以前はザンデの愛人で、彼の横死《おうし》によってミスルを脱出し、マルヤムに渡って、さらにそこから逃げ出したパリザードである。

彼女はルシタニア人の騎士ドン・リカルドと男女の仲になったが、教皇と称するジャン・ボダンの殺害事件に巻きこまれてしまった。ドン・リカルドは、記憶をうしなっていた間、女騎士《セノーラ》エステル・デ・ラ・ファーノの庇護《ひご》を受け、「白鬼《パラフーダ》」と名乗っていたが、マルヤムで記憶を回復した。パリザードは、エステルおよびドン・リカルドとともに、船に乗ってダルバンド内海を旅し、パルスにたどりついたのである。

「で、どこの人間だ」

「マルヤムから来たのさ」

これは虚言《うそ》ではない。パリザードはマルヤム人だと名乗ったわけではない。だが、カーセムは、うたがわしげに確認した。

「マルヤム人なのか」

「見てわからないのかい」

そういわれて、カーセムが見なおすと、まずなかなか佳《い》い女だということに気づく。血色のよい肌はつややかで、腰や胸は豊かに張りきっている。黒い髪が渦を巻き、形のいい鼻も口も大きめで生命力にあふれていた。

「この場所はな、今月にはいって、ずっと空席になっていたんだ」

「だからここで商売させてもらってるのさ。何が悪いんだい」

「悪いとまではいわんが、届け出がされてない。市場をきちんと監督するのが、吾輩の役目だからな」

いいながら、カーセムの視線は女を探っているが、どうにも正体がつかめない。

パリザードが市場で売りさばいているのは盗品ではない。マルヤムを逃げ出すときに持ち出したものだ。

パリザードにはどうも商才があるらしい。手持ちの宝石を売るにしても、複数の相手と同時に交渉し、たがいの競争心をたくみにあおって、エステルやドン・リカルドがおどろくほどの値段で売りつけるのに成功していた。

先が長い旅だから、所持金にゆとりができても、贅沢《ぜいたく》はできない。ダイラムで一頭、騾《ら》馬《ば》を買い、それに荷物をのせて、徒歩でこの街までやって来たのだ。市場では、パリザードが左腕にはめている銀の腕環《うでわ》に興味をしめす客もいたが、

「ああ、この腕環だけは売れないよ。死んだ両親の形見なんだ」

そういって、彼女は売らなかった。

だいじなのは「売れない」という事実であって、その正確な理由ではない。相手が「なるほど、それじゃ売れないな」と納得すればすむ話である。

カーセムはしつこかった。

「盗品じゃなかろうな」

「こういうものが盗まれた、という訴えでもあったのかい」

「いや……」

「だったら、いいがかりはやめておくれ」

パリザードの声に、別の声がかさなった。カーセムの背後から力強い男の声がしたのだ。

「どうした、何かあったのか」

カーセムは愕然《ぎょっ》として振り向いた。いつのまにか背後に誰かが立っていたのだ。

老人か、と思ったのは、髪も髭《ひげ》も白かったからだが、眼光は勁《つよ》く、長身で筋骨《きんこつ》たくましい。マルヤム風の旅装をして、腰にさげた剣は飾り物ではなさそうだった。

II

ささやかな商品と、これまでの売りあげ金を布の袋につめこむと、パリザードは市場を離れた。

カーセムと名乗った役人《ダールーゲ》は、それ以上パリザードがそこで商売するのを許してくれなかったのだが、商品や売りあげ金を没収するとはいわなかった。それ以上あらそうのも好ましいことではなかったので、パリザードは引きあげることにしたのだ。

市場に近い公共の井戸の傍で、エステルが待っていた。合流した三人は徒歩で街はずれに向かった。歩きつつ会話をかわす。

「エステル卿、あんたはパルス国王に逢《あ》ったことはあるの？」

「逢った。ただ、そのとき彼はまだ王太子だったけど……」

パリザードに答えながら、エステルは長身白髪の騎士を見やった。

「でも、ドン・リカルド卿、あなたも彼に逢ったはずだ。白鬼《パラフーダ》として……おぼえていないか」

「残念だが」

ドン・リカルドは首を横に振る。まだ想い出せないことはいくらでもあった。想い出さないほうがいいことも、たぶんあるだろう。

パリザードがさらにエステルに問いかける。

「で、国王に何か貸しはないの？」

「貸しはない。借りはある。あのとき借りた金貨を返さなくてはならないのだけど……」

まぶしそうに、エステルは碧空《あおぞら》をあおいだ。

「ねえ、エステル卿、そんな縁があるなら、国王はあたしたちを援助してくれないかしらね」

「わたしたちを？　でも、いったじゃないか、借りはあっても貸しはないって。援助する義務なんか彼にはないんだし」

「あのねえ、エステル卿、お金銭《かね》や権限《ちから》があって親切な人ってのは、他人を助けてやりたいものなんだよ。そういう人に助けさせてあげるのが、あたしたちの親切ってものさ」

「そうかな」

「そうだよ。逢って、昔話なんかして、ついでにたのみごとをすれば、きっとうまくいくよ」

「じゃ、パリザードは、王都へいくことに賛成なのね？」

そこでドン・リカルドが口をはさんだ。

「しかしだな、パリザード、お前の愛人だったパルス人の男……」

「ザンデかい」

「そう、そのザンデという男は、あたらしい国王《シャーオ》に敵意を持ってたんじゃなかったのか」

豊満なパルス娘が笑みを浮かべた。

「あら、嬉《うれ》しい、嫉《や》いてるの」

「ばか、そんなのじゃない」

「でも、まじめな話、パリザードはいまの国王に逢って、気にせずにいられるの？」

エステルに問われたパリザードは、ふくよかな頬に掌《てのひら》をあてて、すこし考えこんだ。

「いろいろ経緯《いきさつ》があって、ザンデにとっては、いまの国王さまは仇ということになるかもしれないけどさ。でも、ザンデはもうこの世にいないんだ。死んじゃったザンデの仇より、生きてるエステル卿の恩人と考えるほうが、おたがいにうまくやっていけるってものさ」

パルス娘はふたたび笑顔をつくった。

「まあ、それに、あたしはザンデの仇をとってやりたいけど、あたしの力じゃどうしようもない。だったらパルスの国王さまに事情を知ってもらって、ミスルをどうするか考えてもらってもいいんじゃないかな」

パリザードもエステルもドン・リカルドも、ミスル国の現在の情況など知りようもない。

「おいおい、お前、ミスルと戦争するよう、パルスの国王をけしかけるつもりか」

「そ、そんなだいそれたことしないよ。ただ、どうせ戦争するんだったら、ついでに、ミスルの悪漢《あっかん》どもをやっつけてくれたら嬉《うれ》しいというだけさ」

「悪漢どもか」

パリザードの話を聴くかぎり、ザンデという男を殺したミスル人たちに対して、ドン・リカルドは好意を持てない。ただ、直接に不利益をこうむったわけでもなかったから、憎悪までは感じなかった。加えて、皮肉な話だが、パリザードがザンデとの生活をつづけていたら、ドン・リカルドと知りあうこともなかったわけである。

急にパリザードが話題を変えた。

「あんたさ、ルシタニア軍の一員としてパルスに攻めこんだんだろ。あんたに悪いことができるとは思えないけど、パルス人を殺したことがあるのかい？」

この質問は、ドン・リカルドをひるませた。彼はエステルとパリザードから視線をそらさないよう努力しながら答えた。

「アトロパテネの野でも、王都エクバターナでも、おれは激戦のただなかにいた。あわせて二十人以上は斬ったと思う」

「それはしかたないよね。戦場なら、おたがいさまだし」

「もちろん、あくまでも戦場でのことだ。武器を持たない者を殺したおぼえはない。まして……」

ドン・リカルドは言葉をのみこんだ。いやな記憶がよみがえった。火と煙がたちこめ、血臭《けつしゅう》がただよう王都エクバターナの街路。かさなりあった男女の死体の上を、ルシタニア語の怒号がとびかう。

「……このパルス女の腹を切り裂け！　奪《と》られまいとして宝石をのみこみおったぞ！」

「善良な異教徒は、死んだ異教徒だけだ。だから、やつらを善人にしてやれ」

「人を殺すと思うからいかんのだ。豚や羊を殺すと思えばいい」

煽動していたやつらこそ、野獣のような形相《ぎょうそう》をしていたな、と、ドン・リカルドは思う。ルトルド侯爵とかクレマンス将軍とかゼリコ子爵とかヒルデゴ騎士団長とか、そういう人名も想い出すが、彼らはその後どうしていることやら。おそらく、ほとんどが異国に屍《しかばね》をさらすことになったのだろうが。

「とにかく、この国に着いてから何やかやでもう十日以上たつ。パリザードのおかげで、どうにか今後の旅費もできたことだし、明日の朝にでもこの街を発《た》ちたい」

エステルが話題を変えると、やや間をおいてドン・リカルドがうなずいた。パリザードがうなずかなかったのは、うなずくまでもないことだったからだ。彼女は蛇王ザッハークに対する迷信的な恐怖から、パルスへ渡るのを忌避《きひ》していたはずなのだが、ひとたび到着してしまうと、たちまち現実に適応してしまっている。

「ドン・リカルド、あんたはそれでいいんだよね。もしかして、帰国するのがいやってことはない？」

「正直なところ、帰ってもいいことは何もない。おれには親族《みより》もいないし、パルス人たちが受け容《い》れてくれるなら、ここに住んでもいいくらいだが」

ドン・リカルドは腕を組んだ。

「ただ、ルシタニア人ということになると、とても受け容れてもらえんだろうなあ」

「でも白鬼《パラフーダ》という名前で、何カ月かは住んでいたんだろ？」

「あのときは記憶をうしなっていたし、土地の人たちをだましていたわけでもないからなあ」

「じゃ、マルヤム人ということにしておいたらいいじゃないか」

「そうだな。だが、真物《ほんもの》のマルヤム人に遇《あ》ったらどうする？」

「そこまで気にしてたら際限《きり》がないだろ」

「それはそうだ」

苦笑して、ドン・リカルドはうなずいた。パリザードの心身ともに健康な生命力には、あらためて感心する。

「とにかく大陸公路に出て、それから西へ向かう。王都エクバターナに着けば、いくらでも他国への道は開けている」

エステルがそう説《と》いた。

「後のことは後で考えよう。何もなければ、二十日ほどでエクバターナに着くはずだ。ルシタニアへ帰り着くのは、半年先か一年先か……」

「とにかく、なるべく陸路にしようよ」

「そうだな」

マルヤムからパルスまで船に乗ったものの、三人は荒天《こうてん》でさんざん苦しい目にあったのだった。とくにエステルとドン・リカルドは、ルシタニアからマルヤムへの船旅でも、いい想い出がない。パリザードの提案に、心から賛同した。

三人は僧院の廃墟に近づいていた。住民たちは近づかないし、一部は屋根が残っているので、騾馬《らば》をつないでおくにもつごうがいいのだ。

あと百歩もないという地点で、ドン・リカルドが足をとめた。かるく眼を細め、前方のくずれかけた壁や円柱を見すえる。

「廃墟に誰かいる」

「誰かって？」

「わかるものか……いや、あれは」

ドン・リカルドは剣の柄《つか》に手をかけた。同時に、何やら苦痛に耐えかねたような動物の声がひびいてくる。

「あ、騾馬が悲鳴をあげてるよ！」

騾馬は三人がダイラムで買いこんだ唯一の財産だ。何かというとふてくされて動かなくなる癖《くせ》があり、すこしも可愛《かわい》げがない家畜だが、いなくなってはこまる。

ドン・リカルドは坂道を駆けあがった。歩調《ほちょう》と呼吸を一致させて、ほとんど息を切らさず、僧院の遺跡へと走りこむ。

III

騾馬をつないでいたはずの場所に達して、ルシタニア騎士は立ちすくんだ。見たこともない生物がいて、大きな黒い翼で夏の風を受けているのだ。

顔は猿に似ているが、両眼は赤く濁《にご》った光を発し、口には鋭い牙が並んでいる。翼には羽毛がなく、むき出しの皮だけだ。

「何だ、こいつは!?」

パルス人ではないドン・リカルドは、怪物の名を知る由《よし》もない。だが、見ただけで、おぞましさに身の毛がよだつ思いがした。

無意識のうちに、ドン・リカルドの右手は剣を抜き放っている。友好的に語りあおう、という意欲をそそられなかったのだ。

さらに彼が見たのは、怪物の足もとに倒れている騾馬の姿だった。頸《くび》すじの肉をひとかたまり嚙《か》みちぎられ、血にまみれて四肢《しし》を痙攣《けいれん》させている。これまでは憎らしいやつだと思っていたが、こういう姿になると哀れである。

「気をつけて、ドン・リカルド！」

エステルの声が、彼の背中にはじけた。いわれるまでもない。そう返答しようとしたとき、怪物の翼がはためいた。

さわやかな夏風にまじって、胸の悪くなるような臭気が吹きつける。怪物は口を開き、叫喚《きようかん》をほとばしらせながら地を蹴った。鉤爪《かぎづめ》を光らせてドン・リカルドにおそいかかる。

ドン・リカルドはころがった。

ころがりながら剣をふるう。低い位置から水平に刃を薙《な》ぎつけると、手ごたえがあって、砂埃に赤黒い斑点《はんてん》が飛散した。

苦痛と憎悪の叫びがあがり、後肢《あとあし》の一本を半ば両断された怪物が宙へ跳《は》ねあがる。

「そいつの血をあびないで！」

パリザードの声を受けて、ドン・リカルドは後方へ跳《と》んだ。ついいままでルシタニア騎士が踏みしめていた大地に、怪物の血が降りそそぎ、白く煙をあげる。

「毒血《どくけつ》か」

ドン・リカルドは横へ走り、褪色《たいしょく》した砂岩の円柱の間に飛びこんだ。まだ屋根があるので、頭上からの攻撃を受けずにすむ。

怪物はこれ以上、闘う気をなくしたらしい。半ば切断された肢をぶらさげたまま、皮の翼をはばたかせ、東南の空へと飛び去っていく。

ドン・リカルドは円柱の間から外へ出た。

「あれはいったい何だ、パリザード？」

「有翼猿鬼《アフラ・ヴィラーダ》だ」

「有翼猿鬼《アフラ・ヴィラーダ》？」

「怪物だよ」

「それはまあ見ればわかるが……」

「へ、蛇王の手下だよ。ザッハークの眷属《けんぞく》だ」

ドン・リカルドは何度も剣を振って怪物の血を落としてから鞘におさめた。

「なるほど、蛇王ザッハークとやらの眷属か。こういう剣呑《けんのん》なやつらが何匹もいるのか」

「何匹どころか、何万匹もいるさ」

「算《かぞ》えたことがあるのか」

「男のくせに、こまかいことを気にするんじゃないよ。それより、早く逃げよう。このままここにいたら、あいつらの仲間がやってくるに決まってる」

「それがいい」

エステルが賛同する。ドン・リカルドにも否《いな》やはない。騾馬の死を惜しみながら、その場を離れた。

このとき。

高々と舞いあがる有翼猿鬼《アフラ・ヴィラーダ》の姿を、高処《たかみ》から見あげる者たちがいた。かなりの距離があったが、彼らの視力は、空を舞う怪物の姿をとらえるのに充分だった。

「いまのを見たか、ザッハル？」

その言葉はチュルク語であった。

「はあ、何とも奇怪な……」

応じる声もチュルク語である。

「鳥だろうか」

「おそらく。ですがこれまで見たこともござらぬ。シング将軍はいかがで？」

「わしもあんな怪鳥は、はじめて見る」

尾根《おね》の上に馬を立てる男は、チュルク風の軍装で、腰に直刀をおび、毛皮の縁のついた冑《かぶと》をかぶっている。すでに中年だが、精悍な顔立ちに髭《ひげ》は薄く、両眼は小さい。チュルク軍の勇将として知られるシングであった。二十騎ほどの騎兵が、彼にしたがっている。

シングは馬をすすめようとして、兵士たちにちらりと視線を向けた。その眼には、兵士たちへの信頼の念が欠けていた。

この年二月、シングはザラフリク峠におけるパルス軍との戦いで大敗し、その後、コートカプラ城の攻防戦でも敗れて、パルス軍の捕虜となった。陣頭《じんとう》で斬首されるところを、意外にも助命され、チュルク本国へ送還されたのだ。

カルハナ王は冷厳《れいげん》で容赦ない主君である。シングは死を覚悟したが、死に先立つ苦痛と屈辱を恐れた。送還の途中、自殺をこころみたが、カルハナ王への書簡をあずけられたため、それもはたせず、国都へラートに帰り着くことになった。意外というべきか、カルハナ王はシングに死をあたえなかった。

カルハナ王はシングにあたらしい任務をあたえた。将来、パルス国へ全面侵攻するときにそなえて、国境地帯を偵察し、パルスの国内情勢と地理をくわしく調べる任務である。重大な任務であったが、平伏するシングの耳に、カルハナ王は冷酷な声をそそぎこんだ。

「今度の任務は、けっして失敗するでないぞ。もし予の期待に背《そむ》いたら、汝《なんじ》の一族、妻も子も親も兄弟も、ことごとく、不名誉な最期をとげることになるでな」

現在、シングの一族八十人あまりは、老若男女を問わず牢獄につながれている。シングが任務に失敗するか、あるいは裏切ってパルスに投《とう》じたりした場合には、全員が殺されるのだ。生きたままとらえられても、おなじこと。全面的に成功しないかぎり、シングに残された方途《みち》は一族滅亡あるのみだった。

「逃《のが》れる術《すべ》はない。汚名を雪《すす》ぐ唯一の機会をつかみ、それがかなわぬときは、ザッハルと刺しちがえて死のう」

ザッハルはシングの妹の夫である。ザラフリク峠やコートカプラ城での戦いには参加しておらず、本国にいたが、今回の任務で義兄を補佐していた。運命を共有する仲である。

これまでシングの偵察は、一定の成果をあげていた。パルス軍の重要拠点であるペシャワールで異変が生《しょう》じたことが判明したのだ。

「ペシャワールで攻防戦があったことはたしかなようだ。だが、シンドゥラ軍は動いていないようだし、もちろんわがチュルク軍が攻撃したわけでもない。だとすると、パルス軍はいったい何者を相手に戦ったのだ？」

シングには見当もつかなかった。さらに調べさせると、何千何万とも知れぬ妖魔の大軍がペシャワール城を攻撃したが、激戦の末に追いしりぞけられ、ペシャワール城はなおパルス軍が確保しているという。

「はて、どこの国にも妖魔や怪物はおるものだが、それが大軍を編成して人に挑戦してくるとは、ただごとではない。パルスは新国王のもとで安定しているように見えるが、意外に危機がせまっておるのかもしれんな」

シングは報告書をしたためてチュルク本国へ使者を送る一方、ペシャワール方面への偵察をさかんにした。この動きはパルス側にもあるていど察知されてはいた。

シングの配下は、総数五百人。これをいくつもの集団にわけて動かしている。目撃者はすべて殺す。この非情な行動で、チュルク軍の動きはともかく、目的や成果などはまだいっさいパルス側に知られていない。

シングとザッハルをかこむように黙々としたがう二十騎ほどは、シングを警護しているのではない。監視役であり、場合によっては処刑役であった。

コートカプラ城で戦死した兵士たちの遺族なのである。

かつてシングの僚将《りょうしょう》であったゴラーブは、パルス軍の捕虜となった後、ギーヴらの手で故国に送還された。カルハナ王は、ゴラーブの敗北を赦《ゆる》さなかった。ゴラーブは処刑された。それも、戦死者の遺族である少年たちによって、斬りきざまれたのだ。

馬上で、シングはかるく身慄《みぶる》いした。ゴラーブのような殺されかたをするくらいなら、戦場で敵の手にかかるほうが、はるかにましであった。

一方、僧院の廃墟を離れて歩きながら、ドン・リカルドは周囲に眼を配り、ただならぬものを発見した。

「どこの国の兵だろう。あんな軍装は見たことがないな」

彼の視線の先で、跳《と》びはねるように移動する騎馬の影がある。シングに報告するため、偵察先からもどってきたチュルク兵の一隊だった。

「山岳地帯で、あれほど巧みに馬をあやつるとは、たいしたものだ」

ドン・リカルドが感心するのは当然で、山岳地帯での騎馬術ということになれば、チュルク兵はトゥラーン兵やパルス兵にまさる。パルス軍が国境の山岳地帯をこえてチュルク領へ進攻したことのない理由のひとつだ。

ドン・リカルドは、感心している場合ではなかった。彼がチュルク兵を発見したように、チュルク兵も彼の姿を見つけたのである。

「任務は極秘。目撃者は殺せ」

チュルク兵たちは危険な視線をかわしあった。

Ⅳ

自分たちを見つめる三人の男女に向けて、チュルク兵たちは馬をすすめた。

「あいつら、どこの国のやつらだろう」

チュルク兵のほうも、ルシタニア人を見るのは、はじめてのことだった。

「西の方だろう。マルヤムとか、もっと西か……とにかく見かけないやつらだ」

「西のやつらが、何でこんなところにいる?」

「おれが知るか。つかまえて尋《き》いてみればわかるさ」

「つかまえる必要はあるまい」

「そうだったな」

六騎のチュルク兵たちは山の斜面を駆け下った。土埃《つちぼこり》が舞いあがり、馬蹄のひびきが高まる。ドン・リカルドはそれを見て剣呑《けんのん》に思ったが、まだ彼には余裕があった。山の斜面は、平地のすぐ上方で断崖といっていいほど急角度になっており、馬で下《お》りるのは不可能に思えたからだ。

だが、いきなり頭上で陽が翳《かげ》った。跳躍する人馬の影が、日光を黒々とさえぎったのである。

ドン・リカルドは仰天《ぎょうてん》した。敵は馬に乗ったまま彼の頭上からおそいかかってきたのだ。

とっさにドン・リカルドは身体を丸め、右方向へみずからを投げ出した。間一髪《かんいっぱつ》で、ルシタニア騎士はまぬがれた。空中から落ちかかる刃に頭をたたき割られることも、上方から降ってきた馬蹄《ばてい》に背骨を踏みくだかれることも。

ドン・リカルドがはね起きたとき、馬ごと信じられない着地を演じてのけた敵も、体勢を立てなおしていた。叫喚《きょうかん》をあげ、直刀を振りかざしておそいかかる。

嵐のような突撃を、身を開いてかわすと、ドン・リカルドは左下から右上へ斬撃《ざんげき》を放った。血の花が宙に開いて、チュルク兵の身体が鞍上《あんじょう》から吹き飛ぶ。他の兵たちが馬ごと周囲に着地し、おどろきの声を発した。

「こいつ、老人ではないぞ」

ドン・リカルドの白髪を見て、老人だと思いこんでいたのだ。だが、髪や髭が白いだけで、壮年の男ということは動きでわかる。慎重になった。ルシタニア騎士のほうでも、チュルク兵が何をいったか理解した。

「そうとも、おれはまだ若いのだ。甘く見ないほうがいいぞ」

「油断するな、けっこう使えそうだ」

「エステル卿、パリザード、離れていてくれ。こいつら、かなり手ごわいぞ」

ルシタニア語とチュルク語とで、会話らしきものが成立するから、不思議なものである。

ドン・リカルドは鋭く剣を突き出して敵を牽制《けんせい》すると、身をひるがえした。いま騎手をうしなったばかりのチュルク馬に飛び乗る。

チュルク兵のひとりが斬りつけた。刃は鞍の後輪にあたり、わずかに喰いこむ。ドン・リカルドはやや強引に馬の向きを変えると、それが終わらないうちに、体勢をくずしたチュルク兵に剣の一撃を加えた。

チュルク兵が頭を低くすると、下から上へ薙《な》ぎあげられた刃は、音高く、その冑《かぶと》を宙へはねあげた。

チュルク兵の直刀が左から伸びる。ドン・リカルドは左腕をあげ、胴をひねってその突きをかわした。そのまま馬首を勢いよく右へ回転させると、馬上で前のめりになったチュルク兵の背中が眼前に来る。

とっさに突き刺そうとしたが、剣をつかんだ右手の位置が悪かった。かわりにドン・リカルドは足をあげて、敵の馬を蹴りつけた。おどろいた馬はいななきをあげて横へ走る。

しばらくの間、一騎のルシタニア人と五騎のチュルク人は、崖下《がけした》の平地で馬ごと揉《も》みあった。

チュルク兵は同士討ちをおそれ、思いきった斬撃をひとりの敵にあびせることができなかった。ドン・リカルドはそれに乗《じょう》じ、ほとんど一瞬でふたりの敵を斃《たお》した。敵の二騎の間に、強引にこちらの馬首を割りこませ、右の一騎の咽喉《のど》を突き刺す。つづく一撃、宙に血の尾を曳《ひ》きながら、左の敵の斬撃をかわし、その右腕にしたたか刃を振りおろしたのだ。

チュルク兵の右腕は肘《ひじ》から半ば切断され、手に直刀をつかんだまま、力なく垂《た》れさがった。苦痛の声は、ドン・リカルドに罪の意識をおぼえさせるほどだった。

だが、それもまさしく一瞬。あらたな敵があらたな斬撃を送りこんできた。風が裂ける。かろうじて鍔元《つばもと》で受けた。こすれあう鋼《はがね》が、灼《や》ける匂いを鼻孔に運んでくる。ドン・リカルドは剣を引くと見せかけ、反動をつけてはね返すと、手首をひねって敵の顎《あご》の下を斬り裂いた。

笛を鳴らすような音をたてて、チュルク兵は血煙のもとに転落していく。

これで六騎のうち四騎まで戦闘力をうばったはずだ。ところが残り二騎という計算は成立しなかった。いつのまにか敵が増えていることに気づいて愕然とする。味方が闘うのを見たシングとザッハルが、馬を飛ばして駆けつけたのだ。

ザッハルは味方を制し、直刀をきらめかせてドン・リカルドに斬ってかかる。シングのほうは頭上で直刀を舞わしつつ、ドン・リカルドの横を走りぬけた。その行方をたしかめる余裕は、ルシタニア騎士にはなかった。

たてつづけに五、六合、撃ちあって、両者の馬はいったん離れた。砂礫《されき》だらけの地表をたしかめながら、たがいに右まわりに、円を描いて戦機をうかがう。

ザッハルが攻勢に出た。チュルクの直刀がルシタニア人の顔面めがけて突き出される。ドン・リカルドはそれを払いのけ、刃鳴りの残響《ざんきょう》を斬り裂くように痛撃《つうげき》をあびせた。

ザッハルは受けとめたが、手首を返す角度が充分ではなかった。彼の直刀は、高い音をたてて、主人の手から飛び去った。

素手になったザッハルは、雄叫《おたけ》びをあげてドン・リカルドに組みついてきた。相手の闘志に驚嘆しながら、ドン・リカルドは剣をふるい、顎《あご》の下を水平に薙《な》いだ。高々と脚をあげて地上に落ちたとき、すでにザッハルの息はない。

ドン・リカルドは馬首をめぐらせた。ザッハルと闘う間、不吉な光景を彼は視界の隅にとらえていたのだ。エステルが剣を抜いて敵と闘っている。

「エステル卿！」

血のしたたる剣を引っさげて、ドン・リカルドは必死に馬を走らせた。自分が闘った男より、エステルが闘っている相手のほうが強い。自分があの男と闘うべきだった。まだまにあう。馬上の強敵を相手に、エステルは善戦している。

シングはエステルを追いつめつつあった。彼はコートカプラ城の攻防戦において、シンドゥラ国の将軍ナワダを討ちとったことがある。エステルはとうていシングの敵ではなかった。それでも、防御に徹し、呼吸のつづくかぎり右へ左へと、重い斬撃をかわし、受け流す。それもどうやら限界と思われたとき、馬蹄のひびきが急接近してきた。

「お前の相手はおれだ、野蛮人め！」

ドン・リカルドは叫んだ。実際に野蛮人かどうかはわからないが、異国人と殺しあうときには、そういいたくなるものだ。

風音をおこすような勢いで、シングが巨体をひるがえす。ドン・リカルドは手綱を放すと、両手で剣を振りかざし、右上から左下へ、加速度をつけて撃ちおろした。山と野に刃音が谺《こだま》し、シングはドン・リカルドの斬撃を大きく横へ払いのけた。ドン・リカルドはよろめき、手綱をつかみなおして、かろうじて落馬をまぬがれた。

その間に、エステルは地面をころがって、シングの大剣がとどく範囲から逃れた。起きあがろうとして、草の上にすわりこんでしまう。汗のため、ちぎれた草が額《ひたい》に貼《は》りついていた。その手をパリザードがつかんで、茂みの蔭に引っぱりこむ。

パルスの野で、チュルクの将軍とルシタニアの騎士が剣をまじえる。

甲冑を着けていないだけ、ドン・リカルドのほうが身軽に動くことができた。だが、重い斬撃をまともにくらったら即死するだろう。

馬をあおって、シングが突進する。ドン・リカルドは右へ馬を走らせた。シングの大剣が空を斬る。ドン・リカルドは反撃の一閃をたたきつけたが、これも空を斬った。

両者が急角度に馬首をめぐらしたので、馬体と馬体がほとんど接触しそうになった。チュルク人の左脚とルシタニア人の左脚は、実際にぶつかりあった。同時に二本の剣が宙で躍って、刃と刃が強烈に嚙《か》みあう。

たてつづけに五、六合。馬と馬がいななきつつ離れると、さらに五、六合。めくるめく火花の下で、二本の剣が電光のごとく突き出された。一本の剣は宙を薙《な》いで、ルシタニア騎士の白髪を数百本まとめて吹きとばした。もう一本の剣は低くまっすぐに伸びて、チュルクの将軍の甲冑をおそい、わずかな隙間から腋《わき》をつらぬいて内臓部に深く達した。

引きぬかれた剣は、刀身の半ばまで赤く染まっていた。

V

シングが地ひびきをたてて落馬すると、それを見守っていたチュルク兵たちがいろめきたった。助勢《じょせい》しようとしたのではない。

「シング将軍は捕虜になった！」

チュルク兵たちは、口々にそう叫びたてたのである。

「シング将軍は、おめおめと捕虜になったぞ！　本国につたえよ！　やつは虜囚《りょしゅう》の辱《はずかし》めを受けた！」

チュルク語を解さないドン・リカルドの耳に、パルス語が飛びこんできた。

「あの兵を殺してくれ」

地上に半身をおこしながら、チュルク人の将軍が必死の声をあげたのだ。ドン・リカルドは自分の耳をうたがった。

「おぬしの味方だろう」

「たのむ、殺してくれ。でないと、おれの家族がすべて殺される」

シングは血まみれの手をあげて、拝《おが》む動作をした。当惑を禁じえないまま、ドン・リカルドは、駆け去ろうとするチュルク兵の後姿を見やった。熟慮《じゅくりょ》する暇はない。

「よし、待っていろ」

たのみを諾《き》いてやれば、ドン・リカルドの質問にも答えてくれるだろう。ルシタニア騎士は手綱をにぎりなおし、馬腹《ばふく》を蹴った。目的はどうであれ、風を切って馬を疾走させるのは、ひさしぶりの快感だ。

比較的、起伏のすくない地形になっていたので、ドン・リカルドは、ほどなく、チュルク兵に追いつくことができた。

ドン・リカルドは相手と斬りむすぶことをしなかった。二頭の馬が並走《へいそう》した瞬間、右手の剣をいったん左肩の上にのせ、反動をつけて右へしたたか振りきる。

若いチュルク兵の頭は肩の上から血の尾を曳《ひ》いて吹き飛んだ。頭をうしなった胴体は、そのまま手綱を放さず走りつづけ、やがて躍動《やくどう》した馬上から転落していった。

怒りと憎悪の叫びがして、もう一騎のチュルク兵が馬首をひるがえす。ドン・リカルドは剣をにぎりなおし、ひと呼吸おく間もなく馬首をめぐらした。チュルク兵の背後に、彼の味方が十数騎、稜線《りょうせん》の彼方から躍りあがるのが見えたのだ。単騎《たんき》でそれだけの敵と渡りあう自信も余力も、ドン・リカルドにはなかった。

「逃げろ!」

エステルに向けてどなったが、数歩、馬を走らせたところで、ドン・リカルドは、今度はエステルの背後に、人馬の影がわきおこるのを見た。

「おーい、無事か」

馬に乗っているのは、役人《ダールーゲ》のカーセムだ。それにつづいて徒歩の兵士たちが走って来る。五十人ほどもいて、全員が長い槍や棒をかまえていた。

ドン・リカルドが馬上で振り向くと、チュルク兵たちは馬首をめぐらし、まさに走り去るところだった。パルスの歩兵たちを鏖殺《おうさつ》したとしても、また後続の部隊があらわれる、と思ったのだ。さらにいえば、チュルク兵たちの任務は、生きて故国に報告をもたらすことであり、まずいことはすべてシングのせいにすればよいのだった。

カーセムが叫んでいる。

「こいつはチュルクの、たぶん将軍だ。つかまえて白状させろ！」

歩兵たちがシングへと殺到していく。

シングは無言で短剣を引きぬいた。頸《くび》にあてた。

左耳の下から咽喉にかけて血が赤黒く噴きあがる。みずから頸動脈を切断したチュルク人の武将は、永遠に動きをとめた。

ドン・リカルドは憮然《ぶぜん》としてシングの死体を馬上からながめた。痛ましくはあったが、なぜ部下の死を望んだ末に自殺しなくてはならなかったのか、事情がまるでわからない。

あまり巧《たく》みとはいえない手綱さばきで、カーセムが馬を寄せて来た。

「……チュルク国王は、自国の将軍が敵の捕虜になるのを絶対に認めないと聞いていたが、どうやら真実《ほんとう》らしいな。このやりくちを見るかぎり、長くはないだろうよ」

「それについては何ともいえんが、なぜここに来た？」

「いや、それは役人としての責務で……」

「おれたちをつけていたんだな」

ドン・リカルドがかるく眼を細めて詰問すると、カーセムはやたらと両手を振った。

「まあいいじゃないか。そんなことより、おぬしらにとっては幸運だったぞ」

眉をしかめるドン・リカルドに、カーセムは説明した。

「わがパルス国に不法侵入したチュルク軍をしりぞけた。しかも、この死んだ男、チュルクでも名の通った武将に相違《そうい》ない。それを討ちとったのは、たいした武勲だぞ。国王陛下もさぞやお喜びあそばすだろう」

「………」

「この件は、いそぎ王都に報告せねばならんなあ。いや、おぬしらの功績もだが、こんなところにまでチュルク軍が侵入してきたとは、たいへんなことだ。今回はごく少数で偵察に来ただけとしても、いずれ大挙《たいきょ》してやって来ることは必定《ひつじょう》。おい、お前たち」

カーセムは兵士たちに声をかけ、シングの首をとって蜜蠟漬《みつろうづ》けにするよう命じた。

ドン・リカルドは馬からおり、エステルとパリザードを迎えて無事を確認した。カーセムは陽気な表情をつくって、意外なことを申し出た。ともに王都エクバターナへ上《のぼ》ろう、というのだ。

カーセムにしてみれば、この異邦人たちを連行なり護送なりするという名目《めいもく》で、王都へいけるわけである。

「ここはひとつ、吾輩《わがはい》にまかせないか。どこのどんな国だろうと、役人と話をつけておいたほうが万事やりやすいぞ。おぬしらにどんな望みがあるにせよ、つてが必要だろう」

そういわれると、エステルにしてもドン・リカルドにしても、「そうだろうな」とは思う。

「あたしたちをうたがっていたんじゃないのかい」

皮肉っぽくパリザードがいうと、カーセムは帽子をとって頭をかいてみせた。

「いやいや、疑惑はもうはれた。おぬしらはパルス国に仇なす者ではない」

「だったらこれからはお客あつかいしてくれるんだろうね。いっとくけど、逃げたやつらが残していった馬は、あたしたちの戦利品だよ。没収なんかさせないからね」

この戦闘で騎手をうしなったチュルク馬が六頭いるのだ。ドン・リカルドが口を出した。

「三人で六頭は多いだろう」

「三頭は売ればいいのさ。それで騾馬《らば》や荷車を買うこともできるし、人手が必要になったら雇《やと》ってもいいしね」

あらためて、ドン・リカルドは感心した。

「まったく、お前、どこの国でも生きていけるな」

パリザードは、ほがらかに笑った。

「それは、あたしにとって、最高のほめ言葉だね」

VI

傍《そば》で話を聞いていたカーセムが、さりげなく口をはさんだ。

「ところでな、ルシタニア人」

「何だ」

ドン・リカルドはうるさげに答え、一瞬で自分のうかつさをさとった。カーセムのほうは、納得したようにうなずいた。

「そうか、やはりルシタニア人だったか」

「……」

「ま、待て待て、お前たちをとがめだてする気はない」

カーセムは両手を顔の前で振りながら、三歩ほど後退した。ドン・リカルドが剣の柄に手をかけたからだが、口は閉ざさない。

「お前たちがルシタニア人なら、ちとたのみたいことがあるのだ」

「たのみ？」

「そ、そうだ。ルシタニア人だからルシタニア語をしゃべれるだろう」

「訛《なま》っているかもしれんぞ。都の出身《で》ではないからな」

ルシタニア騎士の皮肉を、カーセムは無視した。

「じつはな、この街の牢獄にルシタニア人がおるのだ」

エステルとドン・リカルドは顔を見あわせた。

「たしかにルシタニア人か」

「ルシタニア人の服を着ている。いや、いまは単なるボロだが、もともとは、どうやら絹だったらしい」

「どのような人物なのだ」

「それを知りたいのだ。何しろ、そやつ、まったくパルス語をしゃべれないのでな。お前たちに通訳してほしいのさ」

一年前、この街に赴任《ふにん》してきたとき、カーセムはこの妙な囚人のことを知ったのだ、という。

多少の会話の後、エステルたちはカーセムに案内されて、街はずれの牢獄に足を運んだ。同胞《どうほう》が牢獄入りを強《し》いられているとすれば、知らぬ顔もできない。

牢獄は灰色の石づくりで、もとは白かったというが、すっかり汚れていた。正式の牢番すらおらず、定職のない住民たちが役人から手間賃《てまちん》をもらい、交替で、ただひとりの囚人に一日二回の食事をあたえているだけだという。

錆《さ》びついた鉄格子《てつごうし》をへだてて、エステルたちは囚人に対面した。

どこかで見た男のような気がした。両眼ばかりぎらつかせる男をしばらく観察して、ドン・リカルドは記憶の鉱脈を掘りあてた。

「ルトルド侯爵!?」

ドン・リカルドは自分の眼と耳が信じられなかった。髪も髭も伸びきり、垢《あか》にまみれ、臭気のただようボロをまとった四十歳前後の男が、ルシタニア屈指の大貴族だというのか。

カーセムが口を出した。

「この男はルシタニアの蛮人どもの頭目《とうもく》でな。四年前の春、手下どもをひきいてこの土地へ乗りこんできたんだそうだ。掠奪はもちろん、女は辱《はずか》しめるわ、見境《みさかい》なく人は殺すわ、家は焼くわ、悪事のかぎりをつくしたそうな」

ルトルド侯爵がうめき声をあげたが、パルス語に反応したわけではなかった。

「だが、そのころ王太子であられたアルスラーン陛下が、兵を集めて進軍を開始なさった。こいつの部隊は孤立し、あわてて逃げ出したのだが、何の、逃がしてたまるものか。この先の街道に罠《わな》を張って、みごとにつかまえたのさ」

自分がやったことでもないが、カーセムの声は得意げである。

ルトルド侯爵がつかまると、手下どもは頭目を救おうともせず、ルシタニア軍の本隊と合流するために逃げ去った。合流をはたしたのは半数で、のこり半数は各地で落命《らくめい》していったのだ。

ルシタニア本国では、ルトルド侯爵の領地が無主の状態になっていた。めずらしくもないことだが、残された者たちが諍《いさか》いをおこし、それに近隣の者が介入して、いまや十人以上の者が割拠《かっきょ》している。かってに家を建て、柵や濠《ほり》をつくり、自分の羊を放し、王宮へは「我こそ正当なる相続人」と申し立てる。すでに血も流されており、ルトルド侯爵の生還など誰も期待していなかった。

「それからずっと牢に閉じこめていたのか」

「じつのところ忘れていたのだ」

カーセムは肩をすくめてみせた。

ルトルド侯爵はパルス語をしゃべれなかった。ルシタニアの王族も貴族も、パルス遠征にあたっていちおうパルス語を学んだのだが、ルトルド侯爵はせせら笑うだけだった。

「パルス語を学んでおかなければ、眼の前でパルス人どもが襲撃の相談をしていても、わからないではないか」

そういう意見に対しては、

「ルシタニア語をしゃべらせろ。しゃべらないやつは皆、殺してしまえばいい」

と言い放ち、部下がパルス語でパルス人と会話しているのを見かけると、部下に殴る蹴るの暴行を加え、パルス人は殺した。

このように粗雑で残忍な男であったから、ルシタニア軍の事実上の総帥であったギスカール公爵も、彼をもてあました。ルシタニア有数の名門の当主ではあるが、責任ある地位に就《つ》けるわけにはいかず、処罰もできず、ついに放り出すことにしたのだ。

「パルス東北には広大な土地がひろがっており、物資も豊かだが、国王《シャーオ》が捕虜となって以来、統治する者がおらぬそうな。おぬしの武勇と才幹《さいかん》でもって、好きなだけ切りとるがよい。期待させてもらうぞ」

ギスカールらしく煽動《せんどう》して、正規兵もつけず、私兵だけで送り出した。成功すればむろんよし、失敗して帰ってくれば責任を問うし、死んでしまえば面倒《めんどう》がない、という計算だ。そしてそれきり、ルトルド侯爵のことなど忘れてしまった。ギスカール自身、存亡《そんぼう》の危地《きち》に立たされたのだから、それも当然のことである。

ルトルド侯爵は、ルージ・キリセ周辺の土地を荒らしまわった。手下どもの一部は北上してダイラムに侵入したが、おりからいあわせたクバードとメルレインによって潰滅《かいめつ》させられてしまった。侯爵本人も、やがて言葉も通じぬ異国の奥地で囚《とら》われの身となった。自分自身のせいではあるが、故国では大貴族のお殿《との》さまで、領民から重税をしぼりあげ、豪奢《ごうしゃ》をきわめた身が、四年にわたって惨めというしかない生活を送ってきたのだ。

エステルが沈痛《ちんつう》な表情を浮かべた。

「殺されはしなかったが、これではかえって酷《むご》かろう。王都のほうから、何か指示はなかったのか」

「一度や二度は王都へ問いあわせたはずだが、返答があったかどうか。皆それどころではなかったし、第一こやつ、名誉ある捕虜のあつかいではなくて、ありていにいえば火つけ盗賊の頭目だからな」

カーセムの声が、苦々《にがにが》しげである。

「きっちり処断するとなれば、死刑にするしかないんだ。お前らの国だってそうだろうが」

エステルが何か答えようとしたとき、鉄格子が揺れた。ルトルド侯爵が両手でゆさぶっているのだ。木の床がきしみ、埃が舞う。ルトルド侯爵は叫びはじめた。咆哮するかのように。

「おれはルトルド侯爵だ。ルシタニア屈指の名門の当主だ。王室の血も流れておる。おれをこのような目にあわせて、後悔するぞ。おれの祖父は宰相だった。父も大臣だった。おれをここから出せ。おれにひざまずくのだ!」

この期《ご》におよんで家門《かもん》を誇るのか。ドン・リカルドは同情よりも嫌悪《けんお》をおぼえたが、エステルはすっかり哀れになったようだった。

四年前にも、同胞の女性や老人や傷病者を見捨てることができず、苦難の旅をつづけたエステルである。ルトルド侯爵の場合は自業自得だと思いながらも、存在を知ったからには放っておけなかった。

「出してやってくれないか」

エステルの懇請《こんせい》に、カーセムは眉をしかめた。

「あわれに思うのか、ルシタニア人？　まあ、このありさまを見れば無理もないが、うかつに出してやるわけにはいかん」

「責任は持つ」

「そうはいうが、出してやってどうする？」

「私たちはルシタニアへ帰る。つれて帰ってやりたい」

「こやつの罪の償《つぐな》いは？」

エステルが即答《そくとう》せずにいると、カーセムは指先で顎《あご》のあたりをひっかきまわした。

「いまさら死刑にするのも何だし、牢獄の食事だって無料《ただ》じゃない。つれていって二度と帰ってこないというなら、書類はととのえられるが……」

「そうしていただけないか」

「ただ、出獄《しゅつごく》した後、また人を殺したりしたら、目もあてられんからな。手枷《てかせ》をつけること、保証書を提出するのが条件だな」

それが寛大な条件であることを、エステルは認めざるをえなかった。承知しかけて、彼女は、同行者たちの同意を得る必要を想い出し、ドン・リカルドの意見を尋《き》いてみた。

「正直なところ、おれは反対だ。とんでもない厄介事《やっかいごと》をしょいこむことになると思う」

「ドン・リカルド卿……」

「ただ……あんたが、こういう哀れなやつを見て、放っておけるような人でないこともわかっている」

ドン・リカルドは大きく頭を上下させた。

「四年前、おれが故国へ帰れたのも、あんたのおかげだ。今度はこいつをつれて帰るのもいいさ」

「ありがとう、ドン・リカルド卿」

エステルが視線を動かすと、それを受けたパリザードは溜息まじりの笑顔でうなずいた。

エステルはパルス国の若い役人《ダルーゲ》に声をかけた。

「では、牢から出してやってくれ」

「やれやれ、お前たちの物好きと、吾輩の善意が、正しく報われることを神々に祈るよ」

カーセムの祈りには、どうやら誠意がこもっていなかったようだ。神々は彼を嘉《よみ》したまわなかった。

野獣めいたうなり声とともに、激しく衝突する音が牢獄をゆるがした。ルトルド侯爵が鉄格子に猛然と体あたりしたのだ。

Ⅶ

カーセムが、鍵《かぎ》をとり出そうとする手をとめた。

「やめろ」とパルス語でどなったが、通じるわけもなく、しかも鉄格子のなかにいる者には手の出しようもない。

野獣の表情で、ルトルド侯爵は体あたりをくりかえす。衰えきっているようでも巨体であり、勢いは激しい。それにしても破れるはずはないが、五回めの体あたりで、鉄格子の一本が床から抜け、はじけ飛んだ。それがおどろくほどの勢いでエステルの右ひざを直撃した。

叫びかけて、激痛がエステルの声をうばった。右ひざの下からは感覚がうしなわれ、エステルは重い鉄格子を半ばかかえこむ形で、床に横転した。カーセムが狼狽《ろうばい》する声や、パリザードの悲鳴に、ドン・リカルドの怒号がかさなる。

「ルトルド侯爵、やめろ！」

ルシタニアの大貴族は、自力でつくりあげた空隙《くうげき》から、まさに脱出したところだった。髪は乱れ、両眼は赤く煮えたぎっている。野獣と化したこの男に、何が異様な力をあたえたのか、ドン・リカルドにはわからない。

「やめろというのに！」

そう叫んだとき、ドン・リカルドが見たのは、パリザードに向けて躍りかかるルトルド侯爵の姿だった。悲鳴をあげるパリザードの豊かな胸を、衣服の上からわしづかみにする。両眼には狂的な色情の光がぎらつき、開いた口から唾《つば》が飛んだ。

「パルスの雌豚《めすぶた》だ！　異教徒の雌豚を狩りたてろ！」

それは、かつてルトルド侯爵が征服者の一員として、パルスでどのような罪を犯してきたかを、みずからの口で告白したも同様だった。

ドン・リカルドの剣が、刃を水平にして伸び、ルトルド侯爵の心臓を刺しつらぬいた。すさまじい勢いにルトルド侯爵の肋骨《ろっこつ》がくだけ、剣の刃も折れる。

大貴族から野獣に堕《お》ちたルシタニア人は、唾につづいて赤黒い血を宙に吐き散らし、身をよじって倒れた。

「助ける価値のない男だったな」

呼吸をととのえながらカーセムが吐きすて、ドン・リカルドは無言で、刃の折れた剣を投げ出した。パリザードがエステルの身体から鉄格子をのけ、上半身を助けおこす。

エステルの口から出たのは、謝罪の言葉だった。

「パリザード、すまない……ルトルド侯爵があんなことをするとは……」

「しかたないよ。世の中には人の手じゃ救えない人間がいるんだ。そういう人間は、神さまにおまかせするしかないんだよ」

さとったようにパリザードがいった。

「それより、エステル卿、あんた、だいじょうぶかい……って、だいじょうぶなわけないね。ほら、あたしにつかまって」

エステルは立ちあがろうとして、たちまち苦痛の声を洩らした。あわててドン・リカルドが手を伸ばす。ふたりにささえられる形で、どうにかエステルは壁に背中をあずけた。

「浅慮《せんりょ》の罰だ。人を救う力もないくせに、えらそうに救おうとして報いを受けた……傲慢の罰かな……」

「反省するのは傷がなおってからでいいよ。とにかくお医者に診《み》せなきゃ」

パリザードは振り向くと、カーセムをどなりつけた。

「何をぐずぐずしてるのさ！　さっさとお医者をつれておいで！」

「医者はつれてきてやってもいいが、何でお前に指図《さしず》されなきゃならん」

「あんたの責任じゃないか」

「どんな責任だ」

「牢の管理が悪いからこんなことになったんだろ。役人として責任はまぬがれないよねえ」

「お、おどす気か、こら」

「口裏《くちうら》はあわせてあげるからさ、そちらもやることはやっておくれよ。ほら、いそいで！」

カーセムは飛び出していった。たしかに、囚人をうかつに牢から出したのは彼の落ち度であり、この不手際《ふてぎわ》を問題にされたら、彼が王都へ帰る日は遠のくにちがいなかった。

パリザードは、青ざめているドン・リカルドに、おちついた口調で告げた。

「エステル卿は、あたしにまかせて。あんたには力仕事をやってもらうわ。まず、このルシタニア人の死体だけど、牢獄の裏手には囚人墓地があるはずだから、そこへ引きずっていって埋めてしまうのよ」

「わ、わかった」

「どうせ死亡証明書は、あのカーセムのやつが書くんだから、牢へ来てみたらもう死んでいましたってことにすればいいのさ。ほら、いそいで」

ドン・リカルドはルトルド侯爵の死体を肩にかつぎ、牢獄の裏へまわった。たしかに墓地があった。といっても、人目につかない荒れた感じの土地に、何本か木の墓標が立っているだけである。

「大貴族さまには気の毒だが、おれたちといっしょにルシタニアを発《た》った将兵の半数は、墓さえない身だ。昇天《しょうてん》してくれよ」

放置してあったシャベルを使って、ドン・リカルドは墓地の一画に穴を掘り、ルトルド侯爵の死体を投げいれた。知るかぎりの祈りの言葉《モフラ》をとなえながら土をかける。花を飾ってやる気にもなれず、ただ踏みかためて、墓標がわりに大きな木の枝を立てた。

牢にもどると、すでに医者が来ていた。白い布を頭に巻いた老人だ。たよりなげに見えたが、若いころは二十年も軍隊にいて、負傷者の治療に長《た》けているというカーセムの説明だった。

「よほど打ちどころが悪かったとみえて、ひざの骨が完全に砕けとる。気の毒だが、これはもう一生、杖《つえ》なしでは歩けんだろう。生命《いのち》があるだけよしと思うことじゃな」

老医師はその場で何種類かの練り薬《ね》をつくった。小刀を蒸留酒《クアズ》で消毒し、さらに火であぶり、その小刀でエステルのひざの皮膚を切開して、内出血した血を体外に出す。パリザードはエステルの口に布をあてて悲鳴をおさえながら、自分もかたく眼を閉じていた。練り薬を塗り、副木《そえぎ》をあてて脚をしばり、痛みどめと化膿《かのう》どめの薬湯を服《の》ませると、老医師は帰っていった。治療費は、パリザードにひとにらみされたカーセムが、だまって支払った。ただし、官衙《ディーワーン》あての領収書《リシー》に拇印《ぼいん》を捺《お》させることは忘れなかった。

「夜になったら熱が出てくるじゃろう。解熱薬を服《の》ませて、汗をふいてやるんじゃな。明日、また診《み》て進《しん》ぜるが、しょせん本人の体力次第《しだい》じゃよ」

老医師の予言どおり、夜にはいるとエステルは高熱を発した。カーセムの家の寝室に、パリザードはつきそい、家の主はルシタニア騎士とともに居間で寝た。

夜が明けると約束どおり老医師がやって来て、前日の治療をくり返した。その夜、ふたたび高熱がエステルをおそい、三日めになっても引くことはなく、エステルをいちじるしく消耗させた。

「エクバターナへいきたい」

エステルが乾いた唇からつぶやきを発した。

「エクバターナへいって、アルスラーンに逢いたいな……」

「でも、あんた、その熱じゃ……」

パリザードは声をのみこんだ。寝室を出て居間へいくと、ドン・リカルドとカーセムに事情を告げる。

「このままこの街にとどまっていてもしかたない。すこし熱がさがったら旅立とう。たとえ……」

パリザード同様、あとの言葉をのみこむと、ドン・リカルドはしばし考えこんだ。決心したようにパリザードとともに病室にはいる。エステルに顔を近づけて語りかけた。

「エステル卿、あんたをパルス国王に再会させるのが、どうやらおれの使命らしい。誰に課せられた使命かはわからんが、これをはたさないことには気がすまん」

エステルはうなずいたが、どれほど明瞭《めいりよう》な意識があるか、こころもとないかぎりだった。

「おい、役人《ダールーゲ》」

「えらそうに何だ、吾輩《わがはい》はカーセムというりっぱな名を持っておる」

「何でもいいが、カーセムどの、ぜひとも王都エクバターナへいきたい。あんたが同行してくれると助かる。そうしてくれるか」

ルシタニア騎士は頭をさげた。

「ふむ、その気になったか。よかろう、同行してやる」

恩着せがましく応《こた》えたが、エステルを見やるカーセムの眼には、あんがい善良な光がある。

「だが、その女騎士、とても馬には乗れんだろう。車を用意する必要があるな。ま、万事吾輩にまかしておけ」

二日がかりで用意がととのえられた。まず老医師が呼ばれ、パリザードに、半月分の薬を手渡して帰っていった。

　四頭の騾馬《らば》が牽く車が用意された。車内の床には羊毛を敷きつめ、木綿の敷布《ソフレ》をかさねてエステルを寝かせる。駆者台《ぎよしやだい》にはパリザードがすわって手綱を手にした。

ドン・リカルドとカーセムは馬にまたがり、さらに替え馬を二頭、用意した。荷物を運ぶ騾馬が三頭。槍を持って護衛する歩兵が九名で、そのうち三名は騾馬をひく。

「ソレイマニエに着いたら、そこから王都へ急使も出せるし、もっといい車や多くの護衛兵を手配できるさ」

　カーセムの声にうなずきつつ、

「神よ、護《まも》ってくれなくともよい。だが、じゃまだけはしないでくれ」

　そうつぶやくドン・リカルドであった。待機の間に買い求めた長剣を腰にさげ、馬にまたがって最後尾を守る。

「エステル卿、出発するよ」

　やさしくパリザードが負傷者に告げる。

「苦しかったら声をかけるんだよ。休み休み、ゆっくりいくからね」

　奇妙な一行は、ルージ・キリセの街を出発した。七月二十日のことだ。二十五、六日にはソレイマニエに着く。そこであらためて医者に診《み》せ、七月のうちに大陸公路を西へ向かえば、八月半ばには王都エクバターナの城門をくぐることができるはずであった。

Ⅷ

すってんころりん《パーター・パータム》。

回廊の角をまがった蔭《かげ》で、何かが転倒する音がした。まだ青みをおびた林檎《スイーブ》がアルスラーンの足もとにころがってくる。

「何もない平らな床で、どうやってつまずくことができるんだろう。一種の才能だな」

笑いをこらえながら、アルスラーンは、ころがってきた林檎《スイーブ》をひろいあげた。

「あ、そのようなことは私が」

あわててエラムが手を出そうとしたとき、人影が出現した。かるく息をはずませ、頰をあからめ、両腕に絹《セリカ》の国製の竹籠をかかえこんでいる。籠には十個ほどの林檎《スイーブ》がはいっていた。新参の女官である。

「この林檎《スイーブ》は君のものだね」

「あっ、お、おそれいります……!」

うろたえて、アイーシャという名の女官は頭をさげる。頭だけでなく、籠をかかえたまま上半身全体を前傾させたので、かたむいた籠からいっせいに林檎《スイーブ》がころがり出した。アイーシャは籠そのものをとり落とした。

「あ、たいへん、何とかしなくちゃ」

「たいへんにしたのは、お前だろ。さっさと何とかしろよ！」

たまりかねてエラムが一喝すると、アルスラーンが制する。

「かまわないさ。だけど、これは今年最初の林檎《スイーブ》だな。まだかなり青くて硬そうだけど……」

「は、はい、まだ生《なま》で食べるのは早うございます。でも果汁をしぼって、滓《かす》や芯は家畜の餌になりますし、皮はきざんで砂糖といっしょに煮こめばジャム《メイザート》になります」

「ああ、それはいいな。子どものころを想い出す。できたらすこし私におくれ」

「あっ、は、はい、おそれいります」

三人がかりで林檎《スイーブ》をひろいあつめた。おりから、年輩の女性の声がひびいた。

「アイーシャ、アイーシャ、どこにいるの!?」

「あ、女官長さまだ」

アイーシャが立ちすくむ。

「早くおいき。女官長はいい人だけど、すこし気が短いよ」

「は、はい、どなたさまか存じませんが、ご親切ありがとうございました」

走り去る少女の後姿を見送って、エラムが二度三度と首を振った。彼はナルサスにつかえていたころ、自他ともに認める優秀な侍童《レータク》だったので、手ぎわの悪い使用人に対してはつい手きびしくなるのだ。

「どなたか存じませんが、と来ましたよ。あきれました。あんなにそそっかしい女官は、はじめてです。女官長にいって、交替させましょうか」

「いや、そんな必要はないよ。一生懸命やってるみたいだし、小さなことでいちいち交替させていたら、仕事に慣れる間もないだろう」

「慣れるまでに、あの娘は、何百個も林檎《スイーブ》を床に落っことすでしょう」

「あはは、いいさ、洗えばすむことだ」

アルスラーンが歩き出すと、エラムは一歩おくれて一歳年長の国王《シャーオ》にしたがった。先日、師のナルサスが語ったことを想い出しながら、アルスラーンの表情をうかがう。

若い国王《シャーオ》が振り返った。

「エラム」

「は、はい、何でしょうか」

「それは私の台詞《せりふ》だな。さっきから何かいいたそうだぞ」

エラムは頭をさげ、意を決した。

「陛下、非礼をお恕《ゆる》しください。陛下のご出自《しゅつじ》やご苦労はパルスの臣民に広く知られております。陛下が重い宿命をせおって苦しんでおられる、と申す者もすくなくございませんが、陛下はご自身の境遇をどのようにお考えなのでしょうか」

十歩ほどの間、アルスラーンは沈黙していた。

「エラム、私は思うんだが……」

「はい、陛下」

「この世に、宿命なんてものはないんだ」

おだやかに、だが明快に断言されて、エラムはわずかにたじろいだ。

「ああ、もちろん、選択する余地のない状況というやつはあるさ。だけど、人が生まれてから死ぬまで、ずっとそんな状況がつづくなんてこと、ありえない。そうだろう？」

「ですが、陛下……」

「はい、それはそうですが……」

アルスラーンは立ちどまった。回廊が左右に分かれている。若い国王《シャーオ》はちらりとエラムを見やって、左へ足を向けた。したがうエラムに、ふたたび語りかける。

「分岐点はいくらでもある。たとえば、いま回廊をこちらへまがったみたいに。そのたびに、人は、いや、私は、自分の意思で、どちらへ進むかを選ぶ」

外からさしこむ八月の光に、若い国王《シャーオ》はかるく眼を細めた。

「私はたいして長く生きてきたわけでもないけど、それでも、人生とは選択の連続だということぐらいはわかる。自分の意思やつごうで、何かあるたびに選択するんだ」

立ちどまってアルスラーンはひとつ深呼吸した。

「エラム、どうも私は宿命という言葉が、あまり好きじゃないみたいだ。そんな言葉は、自分で何かを選択するのに責任をとりたくない人間が、他の大きな力のせいにするにすぎない、と思う」

アルスラーンは身体《からだ》ごと振り向き、エラムに歩み寄った。

「私が王太子になったのは、自分の意思じゃない。だけど、国王《シャーオ》になったのは、自分の意思だ。私だけの力でないことはもちろんだけど、逆に、誰に何といわれようと、その意思がなければ国王《シャーオ》なんかにはならなかった」

アルスラーンの手がエラムの肩に置かれた。

「エラム、そなたと親友になったのも私の意思だ。それに、そなたが応《こた》えてくれた。宿命なんか関係ない」

エラムの身体を、温かい感情が波となってつつんだ。彼は声のふるえをようやく抑《おさ》えた。

「はい、私が陛下におつかえしているのも宿命ではございません。私自身の意思です」

うなずいて、アルスラーンは微笑した。

「そうだろう？　だから私はいつも自分に言い聞かせているのさ。エラムに見放されないようにするんだぞ、と」

「私こそ、どうぞ、お見捨てなきようお願いいたします」

「うん、おたがいにね」

エラムの肩に手をかけたまま、アルスラーンは彼と並んでまた歩き出す。八月の光は回廊に満ち、若い国王《シャーオ》の未来を明るく照らし出すかのように、このときのエラムには思われたのであった。

解説

神坂《かんざか》一《はじめ》（作家）

突然このようなことを申し上げるのはいかがなものかと自分でもわかってはいるのですが……

この解説、必要っ!?

なにしろ押しも押されもせぬ名作、『アルスラーン戦記』です。しかもその十二、『暗黒神殿』！

ここで私なんぞが「綺羅星《きらぼし》、などとささやかな光にたとえるには自己主張が激しすぎる魅力的なキャラクターの面々」とか「物語のどこを切っても風雲急を告げすぎる」とか語ったところで、この巻までたどり着いた読者の方々の反応はおそらくこうでしょう。

「ええ。言われなくても知ってます」

……ですよね～

なおかつ皆様の中にはすでに先の巻まで読破済みの方もいらっしゃるはず。「果たしてこの先どうなるのかっ!?」と煽《あお》っても、「それも知ってる」です。

しかし初読の方もおいででしょうから、先の巻にある未来を語るわけにもいきません。

ということで、『暗黒神殿』読破前後の体裁で、失礼ながら駄文を書き散らかせていただきますこと、ご了承を。

さて。

さまざまな登場人物たちの行く末や物語の今後の流れも気になるところではありますが、他にもやはり気になるのは、各人の恋愛・結婚事情。

もちろんあくまでアルスラーン『戦記』。ラブコメではないのですから、そこにウエイトを置いた海水浴話や温泉話、ピタゴ○スイッチもかくやというほどの流れるようなラッキースケベ展開は望むべくもありませんが、だからといって油断は禁物。

なにしろ、当初は『汗血公路《かんけつこうろ》』からの途中参入キャラその一くらいの認識でいた（注・解説者個人の感想です）トゥースがいきなり嫁さんを三人ももらって、クバードを驚愕《きょうがく》させたのみならず、全読者に思わずその記述を二度見させる、などということを平気でやらかしてくれるくらいです。

こと恋愛関係に関しても、何が起こるかわかったものではありません。

みなさんの中にも、あのキャラクターがいまだ独り身なのは、このキャラクターとくっつく予定だからなのではないか、との予想を立てている方も少なくないでしょうが、はてさて素直にそう行くかどうか、全く予断を許しません。

そんな中、読者の関心においてもですが、パルス王国としての重大事でもあるのが、やはりアルスラーンの相手でしょう。

我々としては（やっぱりあのキャラかなぁ）などと無責任に想像するのもアリですが、作中にもあるように、パルス国にとっては国家存亡にもかかわってくる話です。そりゃあルーシャン宰相《フラマータール》も必死になりますとも。

アルスラーンはまだ二十歳にも届いていませんが、現代と違い、医療技術や生活インフラも未発達で、平均寿命も短い社会においては、洋の東西を問わず人々の結婚適齢期は早めになります。十代半ば〜後半での結婚はごく普通。

おそらくこれは、自分がまだ健康なうちに我が子が独り立ちするように、という生き物としての本能なのでしょう。

たとえば江戸時代には「鬼も十八番茶も出花」などという言葉があり、これは、女性は十八くらいが一番綺麗だと一般的に思われていたことを意味します。また、今からは考えられない超絶失礼なことですが、数え二十前後の女性を年増と呼んだりしたそうですから、適齢期は推して知るべし。

おまけに、これらはあくまでも数え年の話ですので、満年齢だとざっとさらにマイナス一〜二歳となるのです。

男性はもう少し上になるようですが、大きな戦争がなかった江戸時代でさえこうなのですから、ましてやアルスラーンが生きる戦乱の世、さらに跡継ぎ問題がついて回る王侯貴族ともなると、二十歳に届いていないから早すぎる、などということはありえません。

しかしそうとわかっていながらも、アルスラーンはルーシャン宰相怒濤《どとう》の縁談攻勢から逃げ回っています。

それは一体なぜなのか。

仄《ほの》かに想う人がいるから？　果たしてそれだけでしょうか？

アルスラーン自身の考えもいろいろあるでしょう。しかし何より一番大きいのは、彼が根っから仁徳の人だからです。

彼の性格からして、政略結婚を良しとするはずもありません。娶《めと》るなら、本当に気が合う、愛する人を、と考えるでしょう。

しかし。

しかしです。愛する人を妻とした時、アルスラーンとその伴侶の前には、大きな障害が立ちはだかることになるのです。

もうおわかりでしょう。

愛する人を妻とした時、その女性は王妃となります。

となれば間違いなく。

王妃として、宮廷画家に肖像画を描かれることになってしまうのです！

心優しいアルスラーンが、愛する人に対するそんな暴虐を、果たして見過ごしにできるでしょうか！　否っ！

とはいえ皆の前で、その素直な心情を吐露《とろ》するわけにもいかず、宮廷画家に「私のことはどう描いてもかまわないが妻だけは許してやってくれ」などとも言えず。

結局はなんのかんのと適当な理屈をつけて、結婚を避けてゆくしかないのです。

同様の問題は、当然ダリューンにもつきまとっています。

絹《セリカ》の国でのあれこれから、いまだ想いを抱き続けているという解釈も可能ですが、（もし誰かと結婚でもしたら、あの旧友が、記念に夫婦揃《そろ》って描いてやろう、などと言い出すのではないか）という恐怖を常に抱いている可能性も否定できません。当然エラムも以下同文。

……正直なところ、ナルサスの画力に関しては、実はピカソのキュビズムとか抽象画のようなもので、当時の人々には理解できないだけなのではないか、と思っていたこともありました。みなさんの中には同様の想像をなさった方もいるのではないでしょうか。

しかし……非常に残念ながら『旌旗流転《せいきるてん》』の「雷鳴の谷」の地の文で、さらりと、「絵のへたな」と一刀両断されてしまいました。もはや弁護の余地はありません。

稀代の策士はその頭脳でもってアルスラーンをパルスの王に押し上げ、その画力によってパルスの存続を脅かしているのです。当人は認めないでしょうが。

彼という障壁を乗り越えて、アルスラーンが、ダリューンが、エラムが、誰かと結ばれる日は来るのか!?

そして当然恋愛・結婚面のみならず、さまざまな人の、国の、事件の行く末は!?

やがて復活するであろう蛇王は、カイ・ホスローの伝承によって、自分の蛇が羊の脳ミソを半分混ぜられても気づかないバカ舌だと知ったとき、果たして何を思うのか!?

というかもう蛇どもが羊の脳でいいなら魔軍でまぐまぐ牧場かなんか開いて羊の放牧やってりゃいいんじゃね？　と思うのは果たして私だけなのか!?

国王《シャーオ》とその盟友たち（ラジェンドラは含みません）に幸《さち》多かれと望む気持ちはおそらく私を含めてみなさん同じなれど、この先々も動乱は必至。

物語のたどり着く果てを、一ファンとしてみなさんと一緒に見届けてゆくことができれば幸いです。

●二〇〇六年十二月　カッパ・ノベルス刊

光文社文庫

暗《あん》黒《こく》神《しん》殿《でん》　アルスラーン戦《せん》記《き》⑫

著者　田《た》中《なか》芳《よし》樹《き》

2017年5月20日　初版1刷発行
2021年11月25日　2刷発行

発行者　鈴木広和
印刷　新藤慶昌堂
製本　ナショナル製本

発行所　株式会社　光文社
〒112-8011　東京都文京区音羽1-16-6
電話　(03)5395-8149　編集部
8116　書籍販売部
8125　業務部

落丁本・乱丁本は業務部にご連絡くだされば、お取替えいたします。
ISBN978-4-334-77470-7　Printed in Japan

組版　新藤慶昌堂